세상에서 제일 웃긴
한씨 이야기

Mr. HAN, The funniest story in the world

작가의 말

이 책은 소설이지만 어른을 위한 동화이기도 합니다. 이 동화책은 매우 황당하며 뻔뻔합니다. 그리고 진짜라고 말합니다. 제가 생각하는 아이와 어른의 차이점은 공상과 상상을 즐기는지의 여부입니다. 다행인지 불행인지 저는 아직 세상을 새롭게 보는 눈을 조금은 가지고 있습니다. 저는 우리의 일상이 평범하다는 것을 끝까지 부정하는 인간입니다. 그것을 인정하는 순간 세상이 너무 재미없어질 것 같아서죠. 이 책에 나오는 인물들은 실존과 허구를 넘나들지만, 저의 상상 속에서 수천 번 되뇌어 그 모습이 너무 생생하기에 없다고 말할 수 없습니다. 처음 '세상에서 제일 웃긴 한씨 이야기'를 집필하면서 혼자 키득키득 거리며 써내려 나가던 제 모습이 떠오릅니다. 아마추어 작가들의 모임 '사각사각'에서 웃기기로 작정하고 여기 실린 소설을 써 내려가던 제 모습은 학창 시절에도 많이 보여주지 못한 동심이 가득 찬 아이의 모습이었습니다. 그렇게 모인 글이 50편도 넘어가자 야망이 꿈틀거렸습니다. 기존의 어떤 소설과도 결이 다른 새로운 소설을 선보이고 독자에게 인정받고 싶었습니다. 꿈이 야무지면 고생도 크고 실망도 큰 법인지 저의 원고는 기존 출판사에서 다루기에는 그 결이 너무 달라 전부 퇴짜를 맞았습니다. 원래는 대작가를 꿈꾸었지만, 자비출판으로 급선회하면서 소수의 팬층이라도 생기면 좋겠다는 소박한 마음과 내 소설은 남들과 다르다는 것을 확실히 보여주는 것에 목적을 두게 되었습니다. 250페이지 정도 되는 이 책이 여러분을 위한 웃음과 감동, 행복의 오아시스가 되었으면 합니다. 이 책에서는 주인공들의 성격과 말투를 글로 느낄 수 있게 대사의 경우 맞춤법을 기준으로 하지 않고 말소리 그대로 적은 경우가 많습니다. 또한 글의 경쾌함을 위해 비속어나 인터넷 용어가 일부 활용되니 독자분들께 양해 바랍니다. 마지막으로 제 작품의 에덴동산, 글쓰기 모임 '사각사각' 운영진 열한 분께 진심으로 감사의 말을 전하고 싶습니다.

목차

판타지

스페셜

일상

참참참

여기 한 모자가 있다. 한 사람은 아들 한씨, 한 사람은 어머니 조 여사다. 두 사람은 부산에 사는 한씨의 사촌 동생이자, 어머니 조 여사의 조카 결혼식에 가기 위해 서울역에 와 있다. 조 여사는 버스 마니아로 육십을 넘게 살면서 지하철과 기차를 몇 번 타본 적이 없다. 먼 거리는 거의 남편차로 이동하거나 환승할 때 걸을 필요가 없는 버스를 사랑했다. 조여사가 차멀미, 뱃멀미를 심하게 한다는 것은 그녀의 반전 매력이다. KTX 초고속 열차를 타고 2시간 반이면 갈 수 있는 고향 익산을 항상 고속버스를 이용해 4시간 반 걸려 가면서 도착하면 어질병을 호소했다.

조 여사의 아들 한씨, 그는 차가운 도시 남자이지만 내 부모에게는 따뜻한 남자다. 아들의 권유로 같이 부산 결혼식장에 가기 위해 KTX 초고속 열차를 타게 된 조 여사는 과거 비둘

기호와 무궁화호를 비교하며 설레는 마음으로 KTX를 탔다.

아들은 처음 KTX를 타는 어머니를 배려하는 마음으로 첫 번째 당부의 말을 했다.

"엄마 조금 있으면 기내식 나올 거야. 내가 잠들어도 받아놔야 해."

조 여사는 반드시 받아내겠다는 결연한 표정으로 고개를 끄덕였다. 아들 한씨는 배려심 넘치는 뿌듯한 미소를 지으며 어머니를 바라본다.

"KTX 고속 열차가 출발합니다. 모두 자리에 앉아주시기 바랍니다."

기차내 방송과 함께 아들은 따뜻한 두 번째 배려의 말을 한다.

"엄마 곧 출발하니 안전벨트 매."

조 여사는 좌우를 두리번거리며 안전벨트를 찾는다. KTX 차내 시설을 잘 모르는 어머니를 걱정하는 마음에 차가운 도시 남자 이지만 부모에게는 따뜻한 아들 한씨는, 의자 등받이를 뒤로 젖혀주는 팔걸이의 버튼을 가리키며 말한다.

"엄마 이거 실수로 누르지 마. 이거 누르면 천장 열리고 의자 가 하늘로 발사돼."

조 여사는 비로소 아들의 따뜻한 말뜻들을 이해하고 4분의 3 박자 왈츠 스텝으로 웃는다. 아들은 어머니 조여사의 응용능력 을 잘 알기에 2년 후 8살이 되는 손녀와 KTX를 탄 모습을 상상하며 흐뭇해했다.

"이따 기내식 나올 거야. 그때 같이 맘마 먹자."

작가와의 수다

0과 1 사이

1편 : 주식

(시작 0.0초)

'아... 어쩌지. 어떡할까...'

속으로 이 소리를 계속 대뇌이고 있다.

(0.3초)

오래전 산 IT 대장주 '애니악'이 계속 올라 큰 수익을 냈다.

(0.4초)

각 주식마다 특유의 박스 권이 있다.

(0.45초)

애니악은 105,000원에 팔면 안전하며 11만 원에는 무조건 팔아야 한다.

(0.6초)

어제 종가 106,000원. 충분히 수익을 냈다

(0.7초).

어제 종가에 팔지 않은 이유는 연속 상승한 주식의 경우 일반 투자가들이 다음날 뒤늦게 아침 매수하는 경향이 있어서다. 주식 시장이 시작되고 10분간 일시적으로 상승하는 경우가 많다.

(0.8초)

현 시각 오전 9시 2분 0초. 욕심을 내지 않고 500원이 오른 현재 가격으로 팔 것인가. 좀 더 욕심을 내서 1000원 오른 가격으로 매도를 걸어놓을 것인가.

(0.9초)

결정했어. 주식은 일해서 번 돈이 아니야. 더 욕심을 낼 필요 없어. 현재 가격으로 매도를 누른다.

(1.0초)

매도 성공. 젠장. 1시간 후 차트를 보니 1000원도 아니고 2000원이 더 올랐다. 그래도 괜찮아. 내가 신도 아니고 다 맞출 수는 없지. 이 돈으로 쌀밥에 고깃국을 먹을 수 있으니 난 만족해. 그래도 조금 아쉬운 건 어쩔 수 없지만.

행운을 결정하는데 걸린 시간 1초

2편 : 신호등

하월곡동 아파트 단지 근처, 고가도로를 50km로 정속 주행하고 평지 도로로 내려왔다. 외주 업체와 미팅을 해야 하는데 아까 만난 회원님과의 대화가 길어져서 약속시간에 아슬아슬

하게 도착할 것 같다. 지금 200m 앞에 왕복 6차선 도로의 사거리만 단번에 지나가면 약속 시간을 지킬 수 있다.

(0.0초)

어라? 사거리 신호가 바뀌려고 하내. 가속도를 팍팍 내서 황색 점멸등에 지나가 버릴까?

(0.1초)

내 앞에 앙증맞고 네모난 차만 아니면 가속을 내서 지나갈 수도 있을 것 같은데.

(0.2초).

옳지! 내 마음을 읽었나? 가속도를 내주네. 쫓아서 가속할까?

(0.3초)

근데 앞차가 황색 점멸등이 끝나고 빨간 불이 들어올 때 쯤 사거리 중간을 지나칠 거 같은데.. 위험하지 않을까?

(0.4초)

설마 사거리 중간에서 딴 차가 내 옆을 치겠어하는 생각이 들다가도 진짜 칠 가봐 무섭다. 난 오래 살고 싶어.

(0.5초)

내가 앞으로 해낼 일들과 하고 싶은 일들에 비했을 때 무리해서 사거리를 통과하는 건 너무 하찮은 일이야. 좀 늦더라도 멈추자.

(0.7초)

'끽!!'

'부아앙!!'

'쾅쾅!!'

'우당탕 쿵쿵!!'

(1.0초)

오 마이 갓. 앞의 차가 나 대신 무리해서 빨간 불에 사거리를 지나가다 측면에서 오던 트럭에 부딪혀 구른다. 그것도 3바퀴나. 나도 따라 갔으면 3중으로 박았겠지. 아마 네모난 소형차와 그 옆을 박은 트럭 기사와도 나와 비슷한 생각을 했을 거다.

'설마 박겠어?'

운 없게도 똑같은 생각을 하는 두 운전자가 만나면 이런 사고가 나나보다.

내 목숨을 구하기까지 걸린 시간 1초

3편 : 영화 관람

'팟'하는 소리와 함께 영화가 끝나고 영화관에 불이 켜진다.

"오빠. 일어나."

누군가가 나를 흔들흔들 깨운다.

"으음..."

고개 숙인 내 입에서 침이 살짝 내려왔다가 나의 공기 흡입에 의해 다시 입속으로 들어간다.

"아주 잘 자더라. 내가 영화 중간에 깨웠는데 또 자데."

'헉'소리와 함께 정신이 번쩍 든다.

(0.0초)

영화를 보다 잠들었나보다. 중간에 나를 깨웠다는데 난 왜 기억이 안 나지? 고개를 숙이고 입을 벌린 체 여태 잤나 보다.

(0.1초)

여친에게 공짜표가 생겼다고 해서 왔는데 하마터면 미소년 풍의 일본 애니메이션을 고르다니. 미소년 그림체는 내 취향이 아니다.

(0.3초)

공짜표는 여친 것이지만, 정작 여친은 영화를 보지 말고 다른 것을 하자고 했는데, 내가 아깝다고 박박 우겨서 왔다. 그리고서는 처잤으니 지금 나를 잡아먹을 듯 쳐다보는 게 당연하다.

(0.5초)

잠에서 완전히 깼는데도 고개를 돌리지 않고 땅을 보며 여친을 곁눈질로 관찰하고 있다.

(0.6초).

아직 잠에서 덜 깬 척 연기하는 게 너무 힘들다. 쥐새끼들이 고양이 앞에서 이러겠지. 뭔가 위트 있는 말로 이 상황을 모면해야 한다.

(0.7초)

살고 싶다!! 나의 뇌세포여! 머리를 굴려봐!! 안 그러면 1시간

동안 혼나!!

(0.8초)

용기를 내어 고개를 돌려 뚫린 입을 연다.

"내 입에 먼지 들어가고 있는데 왜 입 안 닫아 줬어!! 집게 손가락으로 살짝 잡고 다물어 주면 되잖아!! 너무해!!"

"오빠 진짜."

(0.9초)

여친은 껄껄거리며 내 어깨를 잡고 기절할 듯이 웃는다. 나는 속으로 '야후!! 살았다'를 외친다. 이렇게 살아남은 듯하였으나 3분간의 웃음 후 어김없이 그녀는 1시간의 정신 교육을 실시한다. 그녀의 기분을 바꾸는 데 걸린 시간 0.9초

4편 : 우리 뽈따구

어머니 집에 TV가 안 나온다고 하신다. 마침 점심시간. 어머니 집에 올라가서 TV를 봐드린 후 먹기 위해, 상가에서 파는 '쭌쭌 떡볶이 집'의 튀김을 사가야겠다. 이전에 유명 연예인도 먹어 보고 감탄 한 전설의 분식집. 평소처럼 딱 튀김 8조각만 샀다. 어머니는 튀김을 안 좋아하시니 나 먹을 것만 챙기면 된다.

"저 왔어요."

어라? 내 6살 막내 조카 뽈따구가 와있다. 오늘 유치원을 쉬게

돼서 할머니 집에 온 거란다. 나의 올망졸망 귀여운 뽈따구. 같이 튀김을 먹기 위해 식탁에 펼쳤다. 8조각은 순식간에 동이 나기 시작한다. 아이고. 잘도 먹네. 그러다가 마지막 1조각.
(0.0초)

친구들과 맛집에 가서 마지막 1개 남은 음식을 누가 먹을지는 항상 큰 고민이다. 하지만 지금은 고민하지 않는다. 내가 먹는 것보다 우리 뽈따구가 먹는 것을 보는 게 훨씬 행복하다.
(0.0초)

사랑을 확인하는데 걸린 시간 0초

작가와의 수다

장군이 장군이

한씨에게 이날은 뜻깊은 날이었다. 고양이 중독자가 고양이를 못 만져 본 지 어언 20년. 그 한을 풀기 위해 북한산 산자락에서 부천까지 1시간 40분 행차에 나섰다. 목적지는 부천에 있는 애옹이 비밀 결사대 길냥스(GINAGG'S).

얼마나 비밀스러운지 한씨는 이곳의 정체를 캐내기 위해 2달을 조사했다. 길냥스의 본부 위치는 지도에도 안 나오는 곳으로 1층 주택에 길냥이 보호 구역을 설정하고 케어하고 있다. 아직은 다 말할 수 없지만 한씨도 어떤 비밀 결사 단체의 멤버라 이 애옹이 보호 단체의 비밀스러움이 마음에 들었다. 한씨는 몇 시간 동안 고양이 똥을 치우며 그들을 실컷 만져보기로 작정한 상태다. 쉽게 말해 자원봉사다.

한씨는 길냥스 본부 정문에 도착하여 홍채 인식, 지문 인식,

안면 인식, 음성 인식, 정맥 인식을 비롯한 5단계 생체 인증을 거친 후 MBTI, DISC 테스트를 걸쳐 본부에 입성할 수 있었다. 들어서자 15마리가 넘는 고양이들이 나와서 한씨를 맞이했다.

"미야옹. 야옹. 와옹! (새로운 집사가 간식을 잔뜩 사가지고 왔다!)"

대장의 기운이 샘솟는 온몸이 검고 배만 하얀 고양이가 한씨를 째려보며 제일 먼저 웅얼거렸다. 한씨는 길냥스에 오기 전, 편의점에 들러 고양이 습식 캔 사료와 고급 수제 간식을 죄다 털어왔다.

"내 손에 들린 게 간식은 맞지만 나는 집사는 아니다. 난 너희보다 우월한 존재다.(우와옹~ 꺄옹~ 우르르르~)"

한씨가 고양이 텔레파시를 이용하여 대답하자 고양이들은 한낱 미물인 인간이 저희들 말을 할 줄 안다고 깜짝 놀랐다.

"그르르닝겐 냐옹! 캐오옹! (어떻게 하찮은 닝겐이 우리말을 알아듣고 답하는 거지?)"

"나는 아기와도 대화가 가능하고 고양이와도 대화가 가능하다."

한씨는 3세 이하 아기와 대화가 가능하다. 그러니 고양이는 문제도 아니다. 의심스럽다면 그가 쓴 글 '배가전(裵家傳) - 베이비 랭기지(Baby language)'를 참고하기 바란다.

"미친놈이 왔구나옹."

"잡소리하지 말고 나한테 굴종하는 놈에게만 사료와 간식을 줄 것이다."

보통 사람들은 스스로 집사가 되어 고양이를 받들어 모시지만, 한씨는 인간한테도 위축되어 사는 마당에 고양이에게까지 졸고 싶지 않았다.

"건방진 닝겐. 자연의 이치를 부정하는구나. 상종을 말아야지."

한씨는 고양이들이 외면하거나 말거나, 길냥스 소장이 부탁하는데로 청소를 시작했다. 자원 봉사 후기에는 분명 청소 할게 별로 없다고 했는데 현실과 이상은 달랐다. 하얀 벽이 고양이들의 영역 표시(스프레이)로 인상파 그림 마냥 겹겹이 누렇고 케이지도 털, 천정도 털, 물속도 털, 한씨의 입속도 털이었다. 한씨는 고양이 만지는 건 반쯤 포기하고 10년 동안 아무도 안 닦은 듯한 누런 벽을 홀로 닦았다. 이날 바깥 온도는 32도인데 감기에 걸린 고양이가 있어 에어컨도 못 틀다보니 안은 노르웨이식 사우나였다. 본인 때 미는 것도 귀찮아하는 인간이 땀을 뻴뻴 흘리며 부지런히 벽과 바닥 청소할 때 어떤 물체가 그의 다리에 비비적 되었다.

'이 덩어리는 뭐야?'

길이 60cm, 가로25cm. 회색빛의 호랑이 무늬 고양이를 가진 거대 고양이가 교자(만두) 같은 얼굴을 한씨의 다리에 비벼 되고 있었다. 보통 고양이는 아무리 커도 50cm가 안 된다.

"저는 장군이라 하옵니다."

청소하기 바빴던 한씨는 장군이라는 고양이의 말에 대꾸도 하지 않고 그의 배 밑에 발을 살짝 넣고서는 밀어내려고 했다.

'어이쿠. 왜 안 밀려?'

한씨 발에 전달되는 장군이의 무게감은 대략 10kg. 기와집 기둥을 미는 기분이었다. 한씨는 본래 뚱냥이가 이상형이다. 장군이는 얼굴을 한씨 다리에 비비적거릴 때 얼굴이 푸딩처럼 휘어졌다. 거기다가 털빨 1도 없이 오로지 살로 거대함을 뽐냈다. 하지만 좀 심한 개냥이라 한씨가 청소하는데 방해가 되었다. 고양이 테이블 닦는데도 다가와서는
'부비적 부비적'
캣타워 조립해야 하니 좀 떨어져 있으라는데도
'부비적 부비적'
더워 죽겠으니 그만 달라붙으라고 해도
'부비적 부비적'
길냥스 소장이 부탁한 게 많아서 바빴던 그는 장군이의 행동에 폭발하고 만다.
"넌 존심도 없냐? 딴 애들은 멀뚱거리는데 왜 이렇게 비비 적

되."

"없습니다. 저를 데려가 주십시오. 주인님."

장군이가 양 앞발로 한씨의 바짓가랑이를 붙들고 애처롭게 '애옹. 애옹' 울어 되었다. 너무 딱할 정도로 애정결핍인 장군이가 한씨는 무척 마음에 들었지만 그는 장군이에 대한 입양을 결정할 수 없었다. 어린 시절 키우던 동물들이 그의 무지로 인해 키우는 족족 죽어 나간 터라 트라우마가 강했다. 길냥스에 온 것도 그 죄책감을 덜고 키우지는 못하지만 봉사한다는 위안을 얻기 위해서 온 것이다.

"나는 너를 키울 자격이 없다. 다른 사람을 찾아보아라."

"아닙니다. 아까 처음 오셨을 때 보여주신 패기에 반했습니다. 저는 그런 분을 원했습니다."

"나는 네가 생각하는 그런 사람이 아니야."

"인간 세상에서도 호기로운 분 아니신가요?"

"나는 약자에게 약하고 강자에게도 약한 사람이다."

한씨의 예상하지 못한 대답에 고양이계에서 탁월한 아부 능력을 가진 장군이도 할 말이 생각이 안 나서 잠시 당황했다. 장군이는 고양이 특유의 몸단장을 한 후 금세 표정을 고치고서는 무릎을 꿇고 한씨에게 자신의 과거를 고백했다.

"사실 저는 이탈리아 시칠리아 섬의 마피아 대부 돈꼴레옹의 애묘였습니다. 하지만 제 전 주인님이 반대파에게 원한을 사조직이 몰락하고 결국 쫓기다가 총에 맞아 돌아가시게 되었습니다. 죽어 가시던 전 주인님께서 저를 껴안고 마지막으로 말씀하시기를 '한국으로 탈출하여 그곳에서 새 주인을 만나라. 그곳은 안전한 나라다. 거기서 새 주인을 모실 때는 너무 소심해서 누구에게도 원한을 사지 않을 자를 주인으로 모셔라' 라고 하셨습니다. 지금 제 앞에 있는 그분이 나타나셨으니 매달리지 않을 수가 없습니다."

장군이는 '엄마 찾아 백만 리' 같은 이야기를 잔뜩 쏟아내며 한씨의 바짓가랑이를 잡고 다시 한 번 애처롭게 울었다. 이번에는 통했는지 한씨가 장군이의 엉덩이를 쓰다듬었다.
"고생이 정말 많았겠구나. 그런데 어쩌다가 이렇게 살이 뒤룩뒤룩 쪘느냐?"
한씨의 예상치 못한 질문에 장군이는 또 한 번 당황했지만, 이야기꾼답게 현명한 대답을 하였다.
"시칠리아섬에서 청어를 싣고 한국으로 넘어가는 어선에 숨어들어서 15일간 기름진 청어만 먹었더니 이렇게 되었습니다.."
장군이의 신파가 통해서 한씨는 장군이의 포동포동한 앞발을 잡고 울었다.
"이탈리아 고양이가 2억 만 리 떨어진 곳에 와서 얼마나 고생을 많이 했겠느냐."

한씨의 말에 장군이는 배를 뒤집어 까며 애교를 부렸다. 포식자인 고양이과 동물은 기본적으로 방어력이 가장 약한 배를 보이지 않는다. 고양이계에서 인간에게 배를 보이는 것은 굴욕중의 굴욕으로 다른 고양이가 알면 왕따당할 일이다. 장군이는 이제 한씨 앞에서 갈 데까지 갔다.

"역시 저의 주인님. 저를 키워주시는 건가요?"
"내 어릴 적 상처가 많아 너를 키울 확신이 아직 서지 않는구나. 2주만 기다려다오. 다시 돌아와 말해주마. 그동안에 나를 '반주'로 생각해도 좋다."
"빤쭈요?"
"반만 주인 = 반주"
"네 빤쭈님. 기다리겠습니다. 꼭 다시 돌아와 저를 데려가실 거라 믿습니다."
"대신 조건이 있다."
"무엇입니까? 빤쭈님."
"더 찌거라."
"여기서 더 쪄요?"
"그래."
"얼마나?"
"앞발이 어묵 느낌이 들 정도로 찌거라."
"네. 해내 보이겠습니다. 그러니 저를 꼭 다시 찾아주십시오."
"간신배 같은 놈. 꼭 돌아오마."

한씨는 비밀스러운 봉사를 끝내고 장군이와 사진을 찍고서는 집으로 돌아와 그와 찍은 사진을 매일 보며 이 아이를 데리고 와야 하는지 몇 날 며칠을 고민했다. 마침 고민을 한참 하고 있을 때 한씨가 장군이를 마음에 들어 한다는 것을 길냥스 소장이 눈치챘는지 연신 전화와 문자를 하여 입양할 생각을 물었다. 내가 돌아간 이후로 장군이가 다른 고양이 들에게 구타를 당하고 있다는 소식까지 전했다. 망설이는 한씨의 죄책감은 커져만 갔다. 그러다가 장군이를 다시 만나기로 한 약속된 2주가 되기 전전날 길냥스 소장에게서 문자가 왔다.

"제가 다시 알아보니 장군이를 대리고 온 저희 요원이 곧 장군이를 자기가 키울 예정이래요. 제대로 안 알아보고 말씀드렸어요. 죄송해요."

한씨의 마음은 한 마디로 '이럴 수가'였다. 장군이를 찜한 사람이 있었다니 그간의 마음고생이 수포로 돌아갔다. 배신감과 안도감. 그리고 그 사람이 잘 돌봐줄지 걱정이 뒤죽박죽이 되어 한씨는 매일 장군이의 사진을 바라보고 있다.

작가와의 수다

빠숑 리더(Fashion Leader)

누구에게나 리즈 시절(절정기)이라는 것이 있다. 그 중에서도 패션의 절정기는 20대. 한씨는 그의 20대였던 2000년대를 본 내추럴 패션리더로 추억한다. 지금의 한씨는 티셔츠와 청바지, 와이셔츠와 슬랙스 바지 같은 모나미 클래식한 코디를 추구하지만 한때 그의 패션은 세계 패션을 10년 정도 앞서 나갔을 정도로 파격적이었다. 그런 그의 패션에 대해 존경의 뜻을 담아 패션이 아닌 '빠숑'으로 표현하며 그의 빠숑 히스토리를 들려주도록 하겠다.

때는 21세기의 기운이 막 충만했던 시절. 한씨는 군대를 전역하고 자신만의 빠숑 세계를 구축하게 위해 헤매던 중 장충체육관에서 바자회를 연다는 전봇대 벽보를 보게 된다. 그 벽보 안내를 따라 찾아간 장충체육관에서는 백화점과 보세 시장을 십여 차례 돌고 돌아 단물이 빠질 때로 빠진 재고품들이 산더미처럼 쌓여있었다. 젠틀맨이 되고자 하는 열망이 강렬했던 한씨는 캐주얼 정장 재킷을 찾아 헤매다 운명과 같은 재킷 두 벌을 발견했다. 그는 이 옷을 파랑이와 초록이라고 불렀다.

한씨가 파랑이를 처음 만져보는 순간 이것은 방탄복이 아닐까 착각할 정도로 딱딱함이 느껴졌다. 아마 칼로 찔러도 천이 버텼을 것이다. 입어 보니 팔도 잘 움직일 수 없고 허리도 필수 없게 꽉 쪼이는 핏을 가진 게 딱 마음에 들었다.

'남성의 몸을 돌덩어리처럼 느껴지게 하는 이 엄청난 핏. 그래 이 놈이다.'

한씨는 바로 옆에 있는 초록이를 들어 올려 보았다.

'오오. 이것은 천상의 빛깔. 코모도 도마뱀을 떠올리게 하는 육식 동물의 포스.'

초록이는 완벽한 직각 어깨뽕을 가진 깡패미를 자랑했다. 한씨는 두 재킷을 벌당 1,500원에 구입하고 집으로 끌고 왔다. 마침 그날은 간만에 고등학교 동창모임이 있었다. 한씨는 한껏 꾸민 체 약속 장소인 왕십리역으로 향했다.

"야! 오래 기다렸냐?"

한씨가 역에서 먼저 기다리고 있는 친구들을 향해 손을 흔들며 인사했다. 친구들은 초록이를 입고 나온 한씨를 보고는 위아래로 4, 5번을 스캔했다. 초록이는 생각보다 훨씬 커서 재킷 어깨 길이가 손가락 하나는 더 남았고 옷소매도 길었다. 멀리서 보면 프랑켄슈타인이 어깨에 고철을 넣고 나타난 것과 비슷했다. 그리고 이어지는 그의 빠숑. 검은색 트레이닝 바지. 그는 캐주얼 정장 재킷에 트레이닝 바지를 입고 나왔다. 거기에 굽 높은 갈색 워커를 신고 나와 평범한 사람들은 범접할 수 없는 아우라를 뽐냈다.

"야. 이게 뭐 이렇게 입었냐?"
"네가 빠숑을 알어?"

한씨도 친구들이 무슨 생각을 하는지 알고 있었다. 하지만 그가 입은 추리닝은 '댑키스'라는 브랜드가 만든 꽤 고가의 바지였다. 디자인 자체만 봐도 회색과 흰색이 조합된 옆 라인은 아데다아스의 그것을 뛰어넘는 고퀄이었다. 그 당시에는 그의 패션을 모두 이해 못 했다. 아니나 다를까. 그로부터 10년 후. 파워 숄더 또는 볼드 숄더라고 하는 어깨뽕 가득 솟은 재킷이 전 세계적으로 유행하며 한씨의 감각이 얼마나 앞서 나갔는지 증명하였다. 같은 해 파리 프레타 포르테 패션쇼에서는 파워 숄더에 트레이닝 복을 연상시키는 승마바지를 입은 모델이 런어웨이 걷고 있었다. 한씨는 그 모습을 보며 고개를 절레절레 흔들었다.

'내건 또 언제 훔쳐봤데.'

 그의 빠숑 감각이 또 한 번 번쩍인 적이 있었다. 회사 전산실
에서 근무하던 한씨는 꽤 자유로운 복장으로 출근 할 수 있어
서 회사 생활에 만족하고 있었다. 그 당시는 한씨 인생을 통틀
어 PT를 비롯한 근력 운동을 가장 많이 한때로 몸매가 매우
잘 빠진 때였다. 함정이라면 이상하게도 남성적으로 잘 빠지지
않고 여성적으로 잘 빠진 것이랄까. 한씨는 그의 몸을 만족시
킬 수 있게 아주 착 달라붙는 짧은 와이셔츠를 입었다. 그냥
와이셔츠라면 그를 빠숑 리더라고 할 수 없을 것이다. 바둑판
처럼 초록색과 연두색이 교차되는 형광빛 와이셔츠였다. 한씨
는 간만에 타부서 사람들과 회의하기 위해 그 복장으로 회의실
에 입장했다.

 "아악!! 눈부셔!! 누가 형광봉을 킨 거야!!"
 "아이고. 죄송합니다."

회의실에 먼저 입장해 있던 직원이 잠시 부셨던 눈을 비비고
한씨를 다시 쳐다보았다.

 "무슨 옷이 이렇게 짧아요."

"하하. 그러게요."

한씨의 이 대답은 '당신이 빠숑을 알어?' 이 뜻이었다. 또 한 번 아니다 다를까. 6년 후 그의 선구안적인 패션이 피겨 갈라 쇼에 나타났다. 안타깝게도 그 역사적인 옷을 김연아의 메달을 찬탈한 소트니코바가 입고 나왔다. 소트니코바는 갈라쇼에서 형광색 피겨 복장에 형광색 그물을 들고, 당대를 떠들썩하게 한 '형광 나방'춤을 추었다.

'언제 내 빠숑을 훔쳐보고서는 저렇게 망쳐놓는 거야. 짜증 나 네.'

소트니코바가 안 그래도 메달을 훔쳐 가서 미워죽겠는데 패션 까지 훔치니 미움은 배가되었다. 그나마 위안이라면 그의 짧은 상의 핏이 지금까지도 유행하는 '크롭탑'의 원형이 되었다 정도 일 것이다.

동물계에서 수컷이 자신을 치장하는 궁극의 목적은 암컷에 대 한 구애이다. 한씨에게도 기회가 찾아왔다. 친한 형을 통해 소 개팅 자리가 주선되었다. 한씨는 소개팅 날 저녁 큰 결심을 하 였다.

'나의 궁극에 빠숑 비기를 오늘 소개팅에 다 풀어내자.'

그는 위에 말한 형광색 와이셔츠 외에 '마(麻)바지'라는 비밀 병기 하나를 더 꺼내들었다. 뛰어난 통풍성을 자랑하는 마바지는 그 당시에도 더운 날 사람이 종종 입었던 바지다. 한씨가 남들보다 세 발자국 앞서갔던 것은 그 바지의 핏이었다.

"바지로 부채질하고 다니냐?"

가오리 아가미처럼 펄럭거리는 모습을 보고 사람들이 손가락질하는 것을 걱정하며 한씨의 어머니는 한숨을 내뱉으셨지만 그것은 아들의 앞선 빠숑 감각을 몰라서 했던 말씀이다. 그로부터 8년 후 또 한 번 누군가가 한씨의 빠숑을 배껴서는 '와이즈 팬츠'라는 통 넓은 바지를 세상에 선보였다.

'아우. 지겨워. 뭘 입고 다니지를 못하겠네. 그만 좀 베껴라. 이놈들아.'

이 와이드 팬츠는 시간이 지나 남녀노소 할 것 없이 유행이 되었고 한씨의 앞선 감각을 칭송이라도 하는 듯이 대학생들이 주축이 되었다. 아무튼 한씨의 마바지와 형광색 와이셔츠가 마음에 들었던 것인지 혐오스러웠던 것인지, 그 당시 소개팅녀는 한씨를 무던히도 홍대 이곳저곳으로 끌고 다니며 괴롭혔다.

시간이 흐르고 흘러 한씨는 자신의 자리를 후배들에게 양보하고자 지금은 빠숑 세계에서 물러나 있다. 하지만 그의 빠숑에 대한 열정은 아직도 그의 심장 속에서 살아 숨 신다. 그 열정이 어디 있다는 것인지 궁금하다면 그의 알록달록한 양말을 훔쳐 보도면 된다. 빠숑 마스터 한. 그의 빠숑은 앞으로도 영원할 것이다.

작가와의 수다

진짜 TT 두꺼비

누구에게나 삶의 충전이 되는 활동이 있다. 게임, 노래, 동호회 활동. 그 충전이 남다른 사람이 있다. 북한산 빨래골의 정기를 받은 그의 이름은 한씨이다. 그는 조카들과의 시간이 충전이다. 말이 충전이지 남들이 보면 혹독한 방전이다. 그의 집은 3주에 한 번 부모님 집에 다 같이 모여 식사를 한다. 핵심 멤버는 한씨의 형과 형수님, 그리고 12살, 5살 조카이다. 한씨는 주인 맞이하는 강아지처럼 꼬리를 흔들며 항상 두 조카를 안아주었다. 그러면 12살 조카 윤씨는 신발을 발사하듯 벗으며 말했다.

"삼촌. 따라 들어와"

이 말인즉슨 밥 먹기 전까지 놀자는 뜻이다. 성급하기도 하시지. 하지만 한씨는 좋다. 기꺼이 안방으로 따라 들어갔다.

"자 오늘은 훈련부터 시작한다. 먼저 유격장으로 이동!"

윤씨는 이 당시에 '리얼 사나이'라는 프로에 꽂혀 있었다. 좋아하는 것을 그대로 따라하는 것은 아이들의 철칙. 이 순간부터 한씨는 훈련병, 윤씨는 소령 각하다. 소령 각하라 부르는 이유는 윤씨가 아는 군대 계급 중 가장 높은 게 소령이어서다. 동심 가득한 한씨가 소령에다가 아무거나 좋은 호칭을 막 갖다 붙여서 소령 각하다. 어차피 윤씨는 이게 정말 있는 호칭인 줄 안다.

"네! 소령 각하"

한씨는 가상의 15년 차 예비군답게 놀이지만 사력을 다해 실전처럼 임했다.

"유격자신, 유격자신."

한씨는 군대 유격장 이동 구호를 외치며 안방까지 갈 때도 무릎을 허리까지 올리고 박자 맞추어 이동했다. 거기에 5살 조카도 껴서 이동했다.

"자. 먼저 팔 벌려 뛰기 30회 먼저 한다. 실시"

"네! 소령 각하!"

"자. 쪼그려 뛰기 20회 실시한다. 요령 피우지 마라!"

"네! 소령 각하!"

"이제 PT체조 3번 20회를 실시한다."

"네! 소령 각하!"

장소만 안방이지 이건 리얼 사나이보다 더했다. 다리에 힘이 풀리며 탈진할 것 같은 느낌이 들자 슬슬 한씨는 요령을 피웠다.

"이번엔 PT 7번 20회를 실시한다."

"소령 각하님이 시범을 보여주십시오. 어떻게 하는지 잘 모르겠습니다."

윤씨는 잠시 망설였다. 본인도 PT 7번을 잘 모른다. 그저 군대 유경험자인 삼촌이 알아서 잘하니 전지전능한 맛에 그동안 막 시켰다.

"훈련병! 누가 말대꾸하라고 했나! 쪼그려 뛰며 발교차하기 20회 실시!"

이건 해병대에서 주는 기합으로 토끼뜀을 하는 동시에 공중에서 발뒤꿈치를 부딪치는 초고난도 동작이다.

"네! 소령 각하! 시범을 보여주시지 말입니다."

"삼촌. 자꾸 이런 식으로 나올래?"

한씨의 비협조적인 행동에 윤씨는 정색하며 목소리를 깔고 바라본다. 그녀는 눈빛으로 남을 제압하는 능력이 있다.

"제대로 할게.."

한씨는 잠시 자신의 본분을 망각한 것을 반성하며 쪼그려 뛰며 발뒤꿈치 교차하기를 20회를 해낸다.

"소령 각하. 좀 쉬었다 하지 말입니다."

한씨의 입에서 헉헉 소리와 단내가 같이 뿜어져 나왔다.

"그래 알았다. 1분간 쉬고 PT 8번이다"

한씨는 자신을 죽이려는 조카를 보며 미소를 지어 보였다. PT 8번은 누운 채 다리를 쭉 펴고 좌우로 자동차 와이퍼처럼 움직이는 최고난도 동작이다. 1분도 휴식이라 잠시 누웠다가 다시 살아난 좀비처럼 한씨는 일어났다.

"이제 일어나! 요령 피우면 처음부터 다시다."

"네! 소령 각하!"

"30회 실시!"

한씨는 PT 8번을 하는 도중에 체력적으로 도저히 안 될 것 같았는지 새로운 요령을 선보였다. 몸을 거북이처럼 뒤집어 우는 소리와 함께 침을 흘리기 시작했다. 어깨를 들썩이며 약간의 눈물과 함께 서글프게 우는 소리를 냈다. 윤씨는 '내가 너무 했나'하는 표정을 지었다. 바닥에 엎드려 통곡하는 한씨 곁에 가서 한씨의 얼굴을 확인한다. 윤씨가 할로윈 호박 같은 미소를 지어 보였다. 아뿔사 하게도 한씨의 연기는 리얼했으나 문제는 눈이 웃고 있었다. 본인이 생각해도 본인 하는 짓이 웃겼나 보다. 윤씨는 어른으로 따지자면 어디서 개수작이냐는 표정으로 한씨를 바라보았다. 물론 어린애이니 그런 표현을 쓰지는 않았다.

"똑바로 할 거야. 안 할 거야."

"똑바로 할게.."

"믿는다. 훈련병."

"네! 소령 각하"

그때였다.

"밥 먹어라!"

식사 시간과 함께 한씨는 '아! 살았다'를 외쳤다. 이제 한씨가 살아남는 법은 한 가지다. 최대한 밥을 늦게 먹고 저녁까지 버티는 거다. 그러면 식사 후의 2차 훈련을 피할 수 있다. 하지만 그건 한씨의 희망 사항일 뿐이다. 조카들은 식사 20분 만에 안방으로 따라오라고 재촉한다. 한씨는 모든 수단을 동원해서 1시간은 식사하려고 하였다. 식사도 밥이 넘어가야 식사지 조카 둘이 5번 정도 재촉하면 이제 소화도 멈춘다.

"알았다!! 간다. 가."

한씨는 입안에 밥을 우물거리며 안방으로 따라갔다. 이번에는 또 무슨 해코지를 당할까 고민하던 때에 다행히도 TV에서 12살 윤씨가 좋아하는 프로가 방송되고 있었다. 한씨는 TV 덕분에 이제 5살 조카만 상대하면 되었다. 5살 조카와는 병원놀이를 하면서 누워 쉴 수 있다. 하지만 역시나 세상 사는 자기 마음대로 되지 않는다. 5살 조카가 한씨의 핸드폰으로 음악을 틀었다. 꽝 소리를 내며 누군가 안방으로 쳐들어왔다.

"누가 트와이스 틀었어."

윤씨는 음악 소리를 듣고 금세 돌진해 왔다. TV보다 재미있는 놀 거리가 생각나며 그녀의 머릿속에서 트와이스가 공중 2회전을 하고 춤을 추었다.

"자. 훈련병. 지금부터 내가 하는 춤을 따라 한다. 저번처럼 못하면 계속 할 줄 알아."

윤씨는 트와이스 춤을 정말 가수처럼 똑같이 춘다. 본인이 잘 추면 남들도 그렇게 출수 있는 줄 아는지 그걸 꼭 삼촌에게도 시켰다. 트와이스 춤 중에 먼저 티티 안무를 시범 보여준다. 때가 어느 때인데 아직도 티티 안무냐고 할지 모르나 이것은 한씨가 티티도 아직 마스터 못 해서 그런 것이다. 이것을 마스터

해야 최신곡으로 넘어갈 수 있다.

　"잘. 봐. 눈. 물. 날. 것. 같. 애. 아. 닌. 것. 같. 애. 쉽지?"

빌어먹을. 본인이나 쉽지 저 동작 하나에 손목이 몇 번이 꺾는지 모른다.

　"요렇게요?"

　"아!! 진짜!! 1달 전부터 스무 번은 가르쳐 준다. 일부러 틀리는 거지. 엉?"

윤씨의 말은 사실이다. 이 안무를 알려준 지 1달이 넘었다. 반년이 되었을지도 모른다. 애초에 한씨는 그 안무를 외울 생각조차 없었다. 그때그때 따라하다가 혼날 뿐이다.

　"아휴. 됐다. 됐어. 담에 해. 딴 거 하자"

한씨는 안도의 한숨을 쉬었다. 최고 난도의 놀이가 끝났다. 밖에서 소리가 들려왔다.

　"애들아. 집에 가자."

한씨의 형과 형수님 목소리다. 어느새 저녁 8시 반이 되어 집에 돌아갈 시간이다.

　"소령 각하. 집에 가실 시간입니다. 어서 가시죠."

　"담에는 1절 안무까지 만이라도 하자. 제발. 응."

　"네! 소령 각하."

　어차피 100번을 해도 못 외울 테지만 한씨는 그저 윤씨와 어울려 놀면 즐거울 뿐이다. 떠나기 위해 엘리베이터 앞에 형네 식구들이 모두 서있으면서 떠나는 게 아쉬웠는지 5살 조카 유씨가 손에 쥐고 있었던 마술봉으로 뜬금없이 외쳤다.

"못생기고 뚱뚱한 두꺼비가 되어라!! 얍!!"

조카가 한씨를 가리키며 주문을 외치자 한씨의 얼굴이 굳어졌다. 한씨는 떠나는 순간까지 어떻게 하면 5살 조카가 즐겁게 해줄 수 있게 고민되었다.

"두껍. 두껍"

한씨는 바닥에 손을 대고 두꺼비 흉내를 정말 냈다. 그는 여러 가지 의미에서 최선을 다했다. 5살 유씨는 한씨의 등에 매달려 시소 타는 것처럼 그의 점프를 즐겼다.

"7층입니다."

엘리베이터 소리가 들려오고 형네 식구들이 모두 엘리베이터에 탔다. 한씨는 팔을 휘저으며 대형 하트를 그리고 사랑해를 연신 외쳤다. 두 조카들은 그날 하루 흡족한 듯 그 쌀쌀맞은 성격으로 손을 흔들며 화답했다. 초고강도의 훈련을 하였지만 한씨는 전혀 피곤하지 않았다. 그는 그날 행복했다.

작가와의 수다

정전자(靜電子)

　사람들은 저마다 무서워하는 것이 있다. 비둘기 눈을 못 보는 조류 공포증, 밀실을 무서워하는 폐소공포증, 이성을 무서워하는 이성 공포증. 한씨는 특이한 공포증으로 겨울마다 공포에 떨었다.

　'후우후우.. 이번에는 아니겠지..'

영하 8도. 평일 아침 9시. 한씨는 자신의 차 앞에서 미친놈처럼 혼자 중얼거리고 있다. 그리고서는 쇠로 된 차키 앞부분으로 자신의 차 문을 두 번 두드리고서는 두드린 곳에 천천히 손을 갔다 댄다. 그러자 '좌자작! 따딱!' 소리가 나며 불꽃이 튀었다.

　'으악! 젠장! 내 이럴 줄 알았어.'

따닥 소리는 정전기가 튀어 오르는 소리다. 그는 남달리 정전기가 잘 일어나는 사람이다. 건조한 겨울철, 쇠만 만지면 정전기가 일어나는 터라 아침 출근 전 자기 차 앞에서 차 문을 만질까 말까 자기 차랑 밀당을 한다. 차 문을 차키로 두 번 두드리는 것은 한씨가 차 타기 전 일종의 종교의식이다. 같은 쇠로 차 문을 건들면 사람에게 축적된 전하가 차키로 빠져나가 정전기가 일어날 가능성이 줄어든다.

 하지만 한씨는 이렇게 해도 4번 중 1번은 꼭 정전기가 발생한다. 차 키 가운데를 조이는 나사에 손가락을 갔다 댄 체 차 키로 차 문을 두들겼다가 나사를 통해 감전된 적도 있다. 그는 살아 움직이는 인간 부싯돌이다. 그가 얼마나 정전기가 잘 오르는 지는 차 문을 닫을 때 모습으로 알 수 있다. 그는 차 문을 닫기 위해 항상 3번 접은 두꺼운 종이를 가지고 다닌다.
'딱!'
 '으아우!'
3번 접은 종이를 뚫고 정전기가 올라오자 한씨는 독침 맞은 개구리 같은 소리를 냈다. 정전기의 성은을 한 몸에 받은 한씨는 캥거루처럼 팔짝 뛰며 감전된 손가락을 공중에서 털어낸다. 제일 불쌍할 때는 차 의자에 올려져 있는 물건을 차 밖에서 창문을 통해 집으려고 무리하게 몸을 숙이다가 얼굴이 차에 다 정전기가 올랐을 때다. 한씨는 겨울철이 되면 자신의 차에 맞고 사는 게 지겹다.

 꼭 쇠가 아니더라도 미네랄 성분이 들어간 물건을 만질 때도 정전기가 일어났다. 직장인 시절 어느 겨울. 그가 정수기에서 종이컵으로 물을 받으려 할 때였다. 따닥 소리와 함께 한씨가 소리를 질렀다. 물속에 있던 소량의 미네랄 성분이 종이컵을 뚫고 한씨의 손에 스파크를 일으켰다. 주위 동료들은 물 마시다 말고 소리 지르는 그를 이해하지 못했다. 더 공포는 외출을 위해 쇠로 된 문손잡이를 돌릴 때다. 'ㄱ'자 형태의 손잡이면 팔꿈치로라도 열겠는데 이 당시 회사 문손잡이는 잡아 돌려야 하는 동그란 형태였다. 정전기는 사람이 따뜻한 곳에서 차가운 곳으로 이동할 때 더 잘 일어난다. 한씨는 이런 경우 거의 100%로 정전기가 일어났다. 정말 심할 때는 '빡!' 소리가 났다. 그러면 주위 사람들은 모두 놀라서 인간 피카츄를 피했다.

그런 연유로 한씨에게는 독특한 버릇이 생겼다. 손이 건조해서 생기는 일이기 때문에 문손잡이를 만지기 전 정수기 물에, 솜사탕 씻어 먹는 너구리 마냥, 손을 씻기 시작했다. 정수기 물에 손을 씻는 짓이 남들 눈에 해괴망측한 일이지만 한씨로서는 살고자 하는 몸부림이다. 불쌍하게도 물 만지다가도 정전기가 오를 때가 있어서 정수기 물 틀 때도 틀까 말까 밀당을 했다.

이외에도 인터폰이 없는 집의 쇠로 된 현관문을 노크할 때나 아파트 복도의 양수기 함에 손이 스치다가 스파크가 일어나기도 해서 멀리서 보면 한씨는 초능력자다.

최고의 기술은 길바닥에 떨어진 동전을 주울 때 나온다.
"야호! 10원이다!"
한씨는 근검절약이 몸에 배어있어 10원 줍는 것도 즐거워한다.
10원을 줍기 위해 바닥에 손을 짚자 바닥에서 '파바박!' 하는 소리와 함께 '으악' 소리가 들려왔다. 스파크의 원흉은 바닥 포장용 블록에 있었다. 도보에 쓰인 블록은 여러 가지 잡다한 돌을 다 섞어 만들기 때문에 철광석도 섞여 있다. 정전기가 일어나는 신체 부위에 따라 통증의 수준이 다른데 이날은 손톱에 정전기가 올랐다. 손톱은 신체 부위 중 통각이 제일 발달된 곳이다. 얼마나 아팠겠는가. 10원 줍다가 봉변당한 한씨는 기쁨의 탈춤을 추었다.

제일 안타까울 때는 조카와 김밥 말이 놀이를 할 때다. 김밥 말이란 겨울 이불에 사람 몸을 눕히고 그 위에 갖가지 이불과 베개를 넣고 돌돌 말아주는 놀이다. 이 놀이는 방이 넓은 한씨 어머니의 방에서 한다. 평소 솜이불을 애용하시던 한씨의 어머니께서 어느 날 잘 안 쓰던 극세사 밍크 이불을 꺼내 놓으셨다. 하마터면 이날 작은 조카 유가 김밥 말이를 해달라고 졸랐다.

"삼쫀. 빨리 김밥 말이 해줘."

"으응.. 잠깐만."

조카의 놀아달라는 부탁을 거절해 본 적이 없는 한씨가 이날따라 주춤거렸다. 도축장에 끌려가는 황소의 본능으로 저 극세사 밍크 이불이 위험하다는 것을 텔레파시로 느껴졌다.

"유야 오늘은 김밥말이 조금만 하고 거실에서 TV보자."

"알았어. 일단 누워."

웬일로 조카가 삼촌 먼저 누우라고 명령했다. 자신이 김밥 말이를 먼저 해주겠다는 소리인데 이것이 고문의 시작이었다. 한씨가 밍크 이불에 몸이 돌돌 말고 이불속에서 몸을 조금 꿈틀대자 해운대 앞바다에서 연인들이 하는 폭죽놀이 소리가 터져나왔다.

"파파파박!"

"꺄악!"

손만 갔다 대도 정전기가 일어나는 한씨의 신체를 극세사 밍크 이불이 달라붙자 전신에서 스파크가 일어났다. 그날 한씨는 전기 채찍을 맞으면 이런 기분이겠구나 생각했다. 그는 전기뱀장어처럼 꿈틀대며 밍크 이불속을 빠져나왔다.

겨울은 한씨에게 공포의 계절이다. 겨울철. 길에서 우연히 만난 어떤 이가 쇠로된 문손잡이 앞에서 바들바들 떨고 있다면 대신 문을 열어주자. 만약 한씨가 당신 앞에서 쇠로 된 손잡이를 잡고 문을 대신 열어준다면 한씨는 당신을 목숨 걸고 좋아하는 것이다. 매년 겨울 그가 쇳덩어리들과 밀당하지 않고, 감전되지 않도록 안녕과 행복을 빌어주기 바란다.

골골대지 말아요. 그대

"어서 오세요. 어떤 일로 오셨나요?"

"생각이 너무 많아서 머리가 아픈데 생각을 멈추기가 힘들어요."

"많이 힘드셨겠어요. 자신을 주로 괴롭히는 생각들이 무엇인지 말해주시겠어요."

"사람들의 반응이 너무 신경 쓰이고 사소한 실수라도 하면 그걸 며칠이고 계속 떠올리며 후회해요. 몇 년 지난 것도 떠올리고 그래요."

"최근 들어 그런 게 뭐가 있었죠."

"이전 직장 동료 결혼식에 참석했는데 친했던 후배가 '오늘 멋

있어요.' 한마디 하길래 기분 좋아서 모델처럼 한 바퀴 돌았는데 그때 했던 행동이 너무 신경 쓰여요."

"식장 분위기도 좋고 친한 사이니 그럴 수 있을 거 같은데 왜요?"

"재수 없게 행동한 것 같아서요.."

"그 한 바퀴 돈 게 재수 없어 보일까 봐 신경 쓰여요? 이해가 좀 안 가네."

"제가 괜한 잘난 체를 해서 후배 기분이 나쁘지 않았을까, 지금까지 친하게 지내는 이전 회사 동료들이 쑥덕거리지는 않을까 반복해서 생각하게 돼요."

"심각할 정도로 예민한 것 같은데 평소에도 그러나요."

"사람들과 말 한마디 나눈 것도 집에 가서 되새김질하듯이 계속 생각해 보면서 내가 말실수한 것은 없나, 그 표정은 무슨 뜻이었을까, 그 사람이 그때 한 말은 나를 무시하는 말이 아니었을까 계속 생각해요."

"상대에 대한 불안감도 있지만 화도 있군요. 매일 그러면 견딜 수 없게 머리가 아프겠어요.”

“그래서 혼자 열받고 혼자 죄책감을 느끼고 그래요.”

“사람이 생각보다 나에 대해 신경 쓰지 않는다는 생각도 해보셨죠.”

“그 생각도 해보고 저를 달래도 보고 그랬는데 얼마 안 가요.”

“한씨님은 보니까 무슨 일이 발생했을 때 그 안에서 의미를 꼭 찾으려고 하내요.”

“그리고 보니 무언가 공격적인 물건을 보면 저것이 저를 공격하지 않을까 쓸데없는 걱정도 해요.”

“송곳이나 팔꿈치 그런 거죠.”

“어떻게 아셨어요?”

“뾰족한 것을 보고 불안해하는 건 일종의 강박증인데 한씨님의 전체적인 생활 패턴에서 강박증이 보여요.”

“이런 성격이라 제가 택배로 책을 발송하다가 한 번은 잘못된 주소지로 보냈는데 며칠 동안 잠을 잘 못 잤어요.”

“고객님이 화내실까 봐?”

“그것도 그렇고 고객님이 온라인상에 우리 회사에 대한 불만을 써올 리고 그게 퍼져서 회사가 망하지는 않을까 계속 생각해요.”

“여태까지 잘못 보낸 게 몇 건이나 되죠.”

“6개월 동안 한 건이요.”

“그 한 건 때문에 그런 거면 한씨님 생각이 맞을 거예요. 좀 과해요.”

“아무래도 그렇죠..”

“그 정도 수준의 일이면 이 정도에서 생각이 멈출 것 같지는 않은데?”

“그.. 택배 회사랑 우리 회사 담당하는 택배 기사님한테 이것 때문에 전화를 무지 많이 했거든요. 기사님한테 정말 미안한지만 주소 변경이 지금이라도 가능할까 막 부탁하고, 해준다고 답해도 까먹을까 봐 걱정되고, 이미 잘못 갔으면 어쩌나 걱정되고, 그러면서도 제 전화를 안 받으면 열 받아서 하루 종일 불안, 초조, 긴장한 채 시간을 보내서 지금 생각해도 머리가 아파요."

"대단히 세심하네요."

"그 연장선인 것 같은데 귀도 밝아서 요즘에 이웃에서 작은 소리만 나도 잘 못 자요."

"층간 소음 말이지요."

"네. 두 달을 시달리다가 겨우 한 번 하소연했는데 그 후에도 새벽 2시에 떠들어대서 2번이나 더 말했어요. 말할 때마다 너무 화나서 제 몸을 주체 못 하겠는데 그러면서도 내가 너무한 게 아닐까 미안하기도 하고 큰 다툼으로 번질까 봐 말하기가 겁났어요."

"우 짰을까. 두 달이나 참다 말하다니. 몸이 병났겠네."

"사람이 우울증에 걸려서 죽는다는 게 무엇인지 그때 제대로 알게 된 것 같아요."

"2번 더 말했으면 그래도 좀 괜찮아지지 않았나요?"

"괜찮아졌어요. 가끔 소리가 나지만 생활 소음 정도라 정상적인 사람이라면 신경 쓸 정도가 아니에요. 그런데도 작은 소리만 나도 그때의 트라우마인지 분노가 치솟고 심장이 뛰어요."

"한씨님은 세심한 성격 때문에 소리를 찾아 듣고 있어요. 듣지 않아도 되는데 말이죠."

"그랬네요. 생각해 보니. 제가 우스갯소리로 개미 숨소리도 들린다고 친구들한테 말하는데 누우면 귀에 온 신경을 집중해요."

"소리를 찾아 들으려고 하면 안 돼요. 다른 문제들도 보면 한씨님이 이전의 문제들을 찾아내서 계속 화를 돋우고 있어요."

"문제를 찾아서 해결하고 더 이상 생각 안 하면 다행인데 고민만 하다가 잔뜩 쌓여서는 그게 저를 괴롭혀요."

"어렸을 때 성격은 지금과 비교해서 어땠나요."

"어렸을 때에 비하면 지금은 용 된 거죠. 학교 다닐 때는 너무 수줍고 내성적이어서 버스 제일 뒷자리까지 걸어가 본 적이 없어요."

"사람이 신경 쓰여서?"

"10대 특유의 감성 있잖아요. 못생기게 외출하면 사람이 다 나를 쳐다보는 것 같고. 버스 타면 모두 나를 주목하는 것 같고. 그런 때는 가을인데도 땀을 뻘뻘 흘렸어요."

"아이고. 남의 눈치를 그렇게 많이 보는 성격인데 사업은 어떻게 시작했노."

"인간관계에 지치다 보니 혼자 일하는 게 낫겠다 싶어서 그런 것도 있고 과연 나의 능력이 어느 정도일까 궁금한 것도 있어서 도전했죠."

"책과 관련된 일을 선택한 이유는 뭔가요."

"어렸을 때부터 호기심은 많아서 신비한 거, 처음 보는 것을 책으로 알아보는 걸 좋아했어요. 방구석 탐험가 스타일이라 제가 읽어 본 걸로 공상하면서 세상 구경하고는 했어요. 지금은 아이들 책이지만 분야도 다양하게 읽어봐야 하고 동네방네 다 돌아다녀 봐야 해서 지금 하는 일이 성격에 딱 맞아요."

"혼자 관찰하고 구경하는 걸 좋아하는군요. 꽃구경하거나 산에 올라서 내려다보고 그런 것도 좋아하나요."

"자연 감성이랑 도시 감성이 반반이라 미로처럼 낯선 골목에 가서 간판 구경하고 사람들의 행동을 관찰하다가도 혼자 산에 올라가고 그래요."

"제 생각으로는 한씨님의 지나칠 정도의 세심함이 자신을 힘들게도 하지만 다른 것에 대한 관심으로도 나타나는 것 같아요. 신경이 과하게 열려 있다고나 할까."

"저도 제 호기심이 나쁘지는 않은 것 같아서 생각을 멈추는 능력만 갖췄으면 정말 좋겠어요. 일주일에 편안한 잠자리를 가져보는 게 이틀? 그것도 많이 잡아서요."

"한씨님은 제가 만나본 남자분 중 가장 민감한 성격이에요. 보통 남자들은 그렇게 멀티로 고민을 하지 않아요. 다른 고민이 생기면 하나를 기억 못 하거나 해결했다고 생각하면 다시 떠올리지도 않아요."

"이런 소심하고 예민한 성격이 너무 싫어요. 다른 곳에 가서 이런 이야기를 했을 때 그냥 약물치료만 해주고 선생님처럼 상담을 해주는 곳은 없었어요. 저 좀 도와주세요."

"한씨님은 '강박적 결정 장애'예요. 결정하는 걸 주저하고 결정하고 나서도 계속 뒤를 돌아보니 시간이 갈수록 그것들이 압박하는 거예요. 상담하면서 본인의 소심한 성격에 대해 자주 언급하는 데 그것을 콤플렉스로 느껴서 남들에게 완벽해 보이려고만 하니 결정을 항상 주저 하는 거예요."

한씨는 정신과 병원에 오고 처음으로 머리에 해가 쨍하고 뜨는 기분이 들며 본인의 행동이 이해되기 시작했다.

"맞아요! 뭐든지 딱 떨어지는 것이 아니면 그렇게 만들려고 집착했어요."

"지금처럼 충분히 생각하세요. 그리고 결정하세요. 대신 그 후에는 뒤돌아보지 마세요. 설령 '후회'할지라도."

한씨는 언제나 후회의 감정을 두려워했다. 의사에게 차마 고백은 못 했으나 어린 시절, 한씨를 걱정하는 가족들을 실망시키는 것이 싫어서 무엇을 하든 조심, 또 조심하고 상상 속의 모험은 즐기지만 실전의 모험을 피하는 버릇이 인생 전체 감싸고 있었다. 그는 만만한 자기 자신을 정서적으로 학대해 왔다는 것을 이날 처음 깨닫게 되었다. 이날 이후로 소리를 찾아듣지 않게 되었고 사소한 것에 있어서는 빠른 결정을 한 덕분에 편안함 잠을 잘 수 있게 되었다. 하지만 하늘이 무너질까 봐 걱정하는 식으로, 언젠가 한 번은 맞닥뜨리게 될 위기가 오면 자신이 정면으로 맞설 수 있을지 걱정되었다. 그는 모르고 있었다. 그의 인생 전체를 뒤흔드는 위기가 생각보다 빨리 찾아오고 있음을.

작가와의 수다

젊은 베르테르와 산신령

한씨의 글에 묻어있는 개성인지 뭔지의 근원을 쭉 올라가 보면 그의 군 복무 시절 편지 쓰기가 나온다. 믿지 못하겠지만 한때 한씨와 비슷한 생각을 하는 사람이 또 한 명 있었다. 그의 대학교 동창이자 단짝 친구 상돌이다. 둘은 영혼의 파트너로, 남사스럽지만 남자끼리 2년 2개월간 꾸준히 편지를 주고받았다. 이번에는 한씨가 이병일 때, 친구 상돌은 일병일 때 썼던 편지 하나를 꺼내 들춰보고자 한다.

『 To 한씨에게

1주일 전 특별한 일이 있었어. 말하는 호랑이가 아직도 사는 우리 부대 호수 앞의 첩첩산중에서 진지 공사를 하는 중이었지.
너무 피곤해서 꾸벅꾸벅 졸다가 고양이에게 발을 물린 거야. '악!'하고 소리 지르데 그 고양이가 일어서서 말했어.
"전역하고 싶으냐."
장화 신은 고양이도 아니고 말하는 고양이라니 황당했지만 그 질문이 너무 설레는 질문이라 난 답하고 말았어.
"네 하고 싶습니다!"

"그럼 부대 호숫가로 가서 지네 20마리를 잡아먹고 '나는 집에 가고 싶다!'를 외친 후 네가 지금 가지고 있는 것 중 가장 소중한 것을 호숫가로 던지 거라. 그럼 귀인이 나타나 너를 도울 것이니라."

내가 잠깐 미쳐서 고양이의 말에 답하기는 했지만, 그놈이 정말 말도 안 되는 말을 해대는 통에 한마디 거들었는데 그게 부정 타는 짓이었나 봐.

"젠장 고양이. 너나 처먹어."

"멍청한 미물 같으니. 믿거나 말거나 난 말했으니 간다."

말투가 버릇없는 것 보고 수고양이인 줄 알았는데 나중에 알아보니 암고양이더군.

아무튼 전역이 간절했던 나는 호수 근처에 군인들이 몰래 쓰레기 태우는 곳으로 가서 동태를 살피다가 입고 있던 빤스를 벗어서 호숫가에 던졌어. 그랬더니 산신령이 나타난 거야.

"정성이 갸륵하구나. 목숨과도 같은 보급품을 던지다니."

"저에게 전역을 주시나이까?"

"쯧쯧. 지네 20마리를 잡아먹고 집에 가고 싶다고 외쳤어야지! 이놈아."

"그게 왜 중요한가요?"

"내가 까라면 깔 것이지 웬 말이 이렇게 많아! 내 딸의 말을 거역했으니 나도 너의 소원을 들어줄 수 없다!"

이 산신령은 옛날에 행보관이었나 봐. 결국은 아까운 팬티만

날려먹고 노빤스 상태로 부대에 돌아왔어. 요즘 팬티가 부족하다. 남는 팬티 있다면 봉투에 담아 보내주렴.

p.s : 11월 휴가 나간다. 너도 꼭 나오라는 건 아니지만 되도록 나오거라. 다른 친구들은 답장이 없어서 믿을 건 너뿐이다.』

『 To 상돌에게

상돌군. 자네가 보내준 편지 잘 읽어보았네. 이 편지지가 쭈글쭈글하고 잉크가 번진 이유는 자네를 생각하며 눈물을 흘려서라네. 용서해 주게. 자네의 편지를 읽는 다는 건 지식인의 고뇌와 좌절을 함께 맛보는 즐거운 일이야.

또한 용서해 주게. 내 빤스는 자네에게 많이 작을 것이네. 이 작은 편지 봉투에 빤스 대신 나의 우정을 담아 보내니 그 향기를 맡아봐주게나. 내 우정의 팬티 사이즈가 몇이냐고 묻는다면 200이라 답하겠네.

나 또한 요즘 진지 공사 철을 맞아 고뇌에 빠져있네. 테니스 작업장으로 끌려갈 것인가, 타이어 계단 작업으로 끌려갈 것인가. 자네가 즐겨 읽는 '젊은 베르테르의 슬픔' 속 베르테르가 짝사랑하는 로테에게 고백하지 못한 이유를 나는 잘 아네. 자신에게는 결정권이 없기 때문이지. 나는 햄릿이 왜 고뇌했는지 잘 아네. 중요한 결정을 스스로 해본 적이 없어 서지. 유일한 존재에게 묻나이다. 테니스장에 끌려가서 가을 태양에 타죽을 것인가! 미친 선임과 타이어 작업을 하며 내 영혼을 산화시킬 것인가! 이 선택의 고통에서 벗어나게 해주시옵소서!

나 같은 아나키스트 자유인에게 군대는 참 안 어울리는 옷이지. 하지만 이러한 삶도 완전히 나쁘지는 않네. 타죽을지 알면서도 아폴론 신에게 다가가고자 하는 저 창공의 알바트로스처럼, 사회에 나가면 자유의 태양을 느끼다 타죽겠노라 다짐하게 되네.

우리 같이 자유를 만끽할 때까지 부디 살아남아주게. 내 휴가 날짜를 잘 맞추어보겠네. 그리고 저번 편지에 자네가 할머니만 봐도 설렌다고 했을 때 많이 실망했네. 조금 나이를 낮추어 보도록 하게.

항상 건강하고 다음에는 야외 건조장에 팬티말리지 말게. 누가 째벼가. 그럼 이만.』

작가와의 수다

할머니의 나뭇가지

"어서 와요. 우리 이쁜 둥이."

현관에서 들어오는 두 손녀를 보며 조 여사는 '짝짝'거리는 함박웃음과 함께 손뼉을 마주쳤다.

"할무니 보고 싶었쪄요."

조 여사는 이마에 아름다운 M자 주름까지 만들며 세상 너희보다 이쁜 것은 없다는 표정을 지었다. 6살 막내 손녀 '유'는 조여사를 껴안고 타고난 애교를 부린다. 같이 들어온 13살 손녀 '윤'은 할머니 조 여사를 향해 가볍게 목례만 하고서는 원래 나를 반기는 것은 세상의 당연한 이치라는 듯이 신발을 벗고 집 안으로 들어섰다.

"우리 윤. 할머니 봤으면 좀 기뻐해 줘."

조 여사는 무뚝뚝한 손녀에게 조금 서운하지만 한껏 안아주고서는 등을 토닥여준다. 손녀 윤은 그제야 조금 멋쩍었는지 할머니 조 여사를 보며 약간 웃어 보였다. 그래도 절대 할머니를 안아주는 법은 없어서 철저하게 차렷 자세로 할머니의 포옹을 받았다.

조 여사는 과거 맞벌이 부부인 아들 내외를 대신해서 손녀 윤을 대리고 살며 4살까지 도맡아서 키웠다. 노년의 손주 부양은 지옥의 시작이라는데 조 여사에게는 손녀를 돌보는 시간은 또 한 번의 인생을 얻은 것처럼 행복한 시간이었다.

"우리 윤이는 할머니가 좋아요?"

"응. 할머니 사랑해!"

"아구 이쁜 것."

손녀 윤은 아기 시절 할머니 껌딱지가 되어 울 때도 엄마 아빠보다는 할머니를 외쳤다. 이렇게 연애하는 커플보다 더 꿀 떨어지게 살던 어느 날.

"어머니. 제가 직장을 그만두게 되어서 아이는 저희 집에서 대리고 있을게요. 그동안 정말 감사했어요."

손녀 윤이 5살이 되던 해 며느리가 전업주부가 되면서 조 여사의 손녀 살이는 마무리되었다. 고작 10분 거리에 사는 손녀와 매일 못 본 다는 것이 그리도 슬픈지 그날 밤 조 여사는 베란다 곁에서 웅크리고 울었다. 할머니의 키운 정과 달리 손녀의 할머니 부심은 1년도 안 되어 점점 흐릿해져서 6살부터는 할머니를 봐도 보는 둥 마는 둥 하고 반응이 없었다.

"우리 윤은 나를 보고도 반갑지가 않은지 인사를 안 해. 옛날에는 나 없으면 닭똥 같은 눈물을 흘려 되었는데.."

"맛있는 걸 사줘도 할머니 먼저 드셔보라는 말 한마디를 안 한다."

"어제 너희 형이 애들 좀 하루 봐달라고 해서 형네 집에 갔는데 방에 들어가고서는 나오지를 않아. 틈만 나면 안기는 동생하고는 어쩜 그렇게 다르냐."

조 여사는 혼자 사는 작은아들, 한씨의 집에 집안 청소를 도와주기 위해 가끔씩 오고는 했다. 오면 어김없이 큰 손녀에 대한 섭섭함을 말했다. 한씨에게 투덜대는 조 여사의 모습은 익숙하다. 한씨는 조카 앞에서 지능이 낮아지는 조카 바보라서 조 여사에게 조언을 해주었다.

"걔는 워낙 쿨해서 우리한테 애정 구걸 안 해. 대가 바라면 우리만 상처받으니 묻지도 따지지도 말고 이뻐해."

지금은 안 그렇지만 이때의 손녀 윤은 가족 모두가 인정할 정도로 무뚝뚝했다. 어떤 면에서는 미디어에서 묘사되는 딸에 대한 고정 관념을 산산이 부숴버리기 위해 연기하는 게 아닐까 싶을 정도로 무뚝뚝하다. 조 여사도 손녀 윤이 이전처럼 할머니를 반겨줄 거라고는 기대하지 않았다. 단지 그녀의 머릿속에는 오동통하고 귀여운 애교 만점 손녀가 때만 되면 할머니를 안아주던 모습이 어제 있었던 일처럼 기억이 나서 상심할 뿐이었다.

그런 손녀가 어느덧 초등학교 6학년이 되고 반에서는 남녀 통틀어 제일 큰 거인이 되었다. 손녀 윤이 6학년 졸업을 4개월 정도 남긴 초가을. 윤으로서는 청천벽력 같은 소식을 듣게 된다.

"이사하면 나 학교 어떻게 다녀. 거기에서 지금 학교 오려면 몇 배는 힘든데."

"그만 중얼 되. 4개월만 더 다니면 되는데 그걸 못 참아."

'숲과 바람 아파트'에 살던 손녀 윤과 그 가족은 바로 옆 동네인 '북쪽 도시 아파트'로 이사하게 되었다. 이로 인해 손녀 윤은 엄마, 아빠에게 불만을 쏟아냈다. 바로 옆 동네지만 학교 가는 길은 이전에 비해 정말 힘들었다.

기존에 살던 숲과 바람 아파트에서는 학교 교실까지 걸어서 5분이면 도착했지만, 북쪽 도시 아파트로 이사하면 걸어서 20분은 걸린다. 두 아파트를 이어주는 마(魔)의 200 계단을 올라와야 하기 때문이다. 경사도가 40도는 될 것 같은 이 절벽 같은 계단은 설악산에나 가야 볼법한 가파른 계단이다. 계단 수는 대략 200개 정도로, 아파트 계단으로 환산해 보면 10층까지 걸어 올라가는 셈이다. 거기다가 양옆의 나무에서 뻗어 나온 나뭇가지가 계단을 향하고 있어 고개를 숙이고 올라가야 한다.

계단을 이용하는 사람들 중에는 나뭇가지에 머리와 얼굴을 쓸려서 상처가 생기는 일도 빈번했다. 비 오는 날이면 정글 같은 나뭇가지 때문에 우산을 똑바로 들 수가 없어 엎드려 올라가는 게 차라리 편하다.

"윤. 학교는 다닐만해?"

"매일 땀 뻘뻘 흘리고 있어."

윤의 삼촌 되는 한씨는 윤이 얼마나 힘들게 학교를 다니고 있는지 뻔히 알면서 놀리듯이 물었다.

"있잖아. 세계적인 장수촌은 대부분 계단이 많은 고산지대에 있어. 가방을 메고 거기를 매일 오르내리면 건강해지고 살도 빠지고 얼마나 좋아."

"됐고. 삼촌. 비 오는 날에는 나 좀 차로 태워줘."

"헉!"

"내가 문자하면 튀어와. 되도록 전날 저녁에 미리 알려줄게"

한씨는 일찍 출근하는 윤의 부모 대신 비 오는 날 조카 윤을 모시고 데려다주는 셔틀 역할을 맡게 되었다. 조카 윤이 이사하고 한 달쯤 된 어느 비오는 아침. 윤은 한씨에게 문자를 했지만 핸드폰을 진동 상태로 둔 한씨는 조카의 문자 오는 소리를 듣지 못하고 계속 잠들어 있었다.

"삼촌 자나 봐. 비 오는 날 계단 올라가려면 진짜 힘든데."

"학교 늦으니까 빨리 출발해."

윤은 엄마에게 말해봤지만 아쉬운 사람은 본인이라 등교를 서

둘렀다. 구시렁거리며 '마의 200계단' 입구 앞에 다다르자 익숙한 사람이 서있었다.

"비가 많이 와서 할미가 우산 씌워주려고 나왔어."

그곳의 어색한 분위기가 말수가 없는 장인어른이 계시는 처갓집 놀러 간 사위의 그것 같았지만 윤은 할머니와 동행하기 위해 앞장서서 걸었다. 조 여사는 손녀 윤에게 우산을 씌워주고 등을 밀어주었다. 덕분에 올라가는 것은 평소보다 훨씬 수월했다. 평소에 마의 200계단을 밑에서 올려다볼 때 빼곡한 나뭇가지들 때문에 중간 계단부터는 계단이 안 보였는데, 그날은 계단 제일 위까지 뻥 뚫려 있어서 우산을 쥐고 나뭇가지 아래로 몸을 숙이는 일도 없었다.

그날 이후로 등교할 때마다 계단 양옆의 나뭇가지들은 점점 더 짧아졌다. 덕분에 윤은 남은 초등학교 4개월 동안 나뭇가지를 신경 쓰지 않고 계단을 오르내릴 수 있었다.

시간은 빠르게 흘러 1년 후. 한씨는 어머니 조 여사와 화계사에 가던 중 '마의 200계단' 위를 지나가게 되었다. 조 여사는 다시 정글 같아진 계단을 물끄러미 내려다보다가 계단을 가리고 있는 나뭇가지 하나를 꺾었다.

"참 빨리도 자랐네. 여기 정리한 게 엊그제 같은데."

"엄니가 여기를 정리했다고?"

"우리 윤이 이사 가고 계단 올라올 때 머리 찔릴까 봐 내가 3

일마다 잘랐지."

조 여사는 표정 변화 없이 나뭇가지 하나를 더 꺾었다. 한씨는 작년 9월부터 12월까지, 북쪽 도시 아파트에 가기 위해 계단을 내려갈 때면 그 무성했던 나뭇가지가 하나도 없는 걸 이상하게 생각했다. 조 여사는 톱도 없이 맨손으로 200계단을 3일마다 오르내리며 나뭇가지를 정리하고 또 정리했다. 나뭇가지를 정리한 날 중에는 한씨의 집에 와서 손녀 윤에 대한 서운함을 토로한 날도 있었을 것이다.

한씨는 자신이 유아 때 어떻게 자라고 키워졌을지 항상 궁금했다. 두 조카의 아기 때 동영상과 사진은 만 개, 만장도 넘었지만 한씨의 아기 시절이 찍힌 사진은 20장도 안 되었다. 하지만 이날부터 그런 궁금증은 사라졌다. 지금 손주를 돌보는 조 여사의 모습이 아기 때 한씨를 보살피던 그 모습일 테니까.

작가와의 수다

고전

배가전(裴家傳)

베이비 랭기지(Baby language)

옛날 옛날 까마귀 날다 구름인지 알고 내려앉는다는 높디높은 한양 정릉골. 이곳에는 쭉쭉 핀 앞머리를 너무 길러 바가지 쓴 것 같기도 하고 투구 쓴 것 같기도 하고, 앞을 못 볼 것 같은데 심봉사 길 찾듯 앞을 보는 총각 한씨가 살았다.

약관(20살)에 일곱 해를 더한 나이에도 그이 행색 한 번 괴상하고 궁핍하여 한 번 산 옷은 옥황상제 가슴 털 다 빠질 때까지 입고, 아래 속옷은 고무줄만 남아도 빤스라고 우기며 입고 다녔더랬다. 그러하매 벌어놓은 돈은 전부 그 투구 같은 머릿속에 숨겨 놓고 관짝에 들어갈 기세였다.

그의 어머니 익산 조씨. 매양 아들 한씨의 모습을 못마땅해 하다, 운동화가 짚신이 되도록 바꾸지 않자 한 소리 거들었다.
"너의 지금 꼬락서니 장비가 술 처먹고, 도박하고, 자식 팔고,

집 말아먹은 꼬락서니니 그 투구 같은 머리 모양을 하고 어인 여인이 너를 좋아하겠는가. 총기 넘치는 눈빛. 앞머리로 다 가려 눈먼 거지꼴이 따로 없도다."

"나의 어미께서는 어찌 그리 대부인(남의 어머니를 높이는 말. 여기서는 콩쥐팥쥐에 나오는 계모와 같다는 뜻) 마냥 아들 볼 제 항상 가슴을 두들기시오. 내 행색 비루하나 빨지 않은 옷을 입은 적이 없고, 고등서당 다닐 때 옷을 지금도 입으나 옛 성인은 그것을 청렴하다 하여 군자의 모범으로 삼았소. 내 곧은 머리카락은 투구가 아니라 대쪽 같은 마음을 뜻하니. 술 빼고는 한 적 없는 장비의 거짓 한량 소리는 내게 하지를 마시오."

조씨는 아들 한씨의 버릇없는 말재간에 그의 식사를 끊어버리고 싶었으나, 아들의 검소함이 조씨 자신의 피 때문인 것을 알기에 천불 나는 가슴을 부여잡고 뒤돌아섰다.

놀부도 한 수 배울 것 같은 짜디짠 한씨가 똥지게꾼 똥 푸듯이 돈을 퍼 나를 때가 있으니, 그것은 돌도 안된 아기 조카 윤씨 앞에서였다.

『조카님 백일이면 황금 보행기.
  어린이날이면 금은보화.
  성탄절에는 옥으로 된 기저귀.
  기분 좋은 날에는 손오공의 천도복숭아.』

가사 탕진이 이보다 쉬울 수는 없어 돌잔치에는 기와집을 가져다 바칠 기세였다.

이렇게 조카 앞에 갔다 바치는 재주밖에 없는 것 같았던 한씨에게 곰이 재주부리듯이 신기한 재주 한 가지가 더 있었다. 그것은 바로 아기 말 해석 능력이었다.

"구르르..쾅!"

"아이구야! 내 발가락!"

"구르르.. 꽈쾅!"

"아야! 이놈새끼. 뼈 갈라놓네."

"구르르..쾅!"

"으메. 발 떨어져나가게 아프네."

보행기를 타고 사방천지 돌아다니는 7개월 차 아기윤씨. 2달 전만 해도 몸도 못 뒤집던 아기가 맞나 싶게, 온 식구 발가락을 보행기 바퀴로 짓뭉개고 다녔다. 보행기 타고 돌아다닐 때 백 년 묵는 고라니 같은 소리를 빽빽 지르고 양팔을 휘저으며 다니는데 그 뜻을 귀신이 와도 알 수가 없었다.

"땨! 땨! 땨! 으땨!"

"저놈에 것. 옹알이도 아니요 배냇소리도 아닌 것이 부엉이 마냥 소리만 내지르네. 아무나 가서 먹을 것이라도 쥐어져 보거라."

"어머니. 이미 먹을 것을 쥐어줘 봤지만 제 얼굴에 냅다 던지

기만 하옵니다."

며느리의 대답에 시어머니 조씨는 분통을 터트렸다.

"배고픈 것도 아니고 졸린 것도 아닌데 미친 고라니처럼 왜 저러는 게야."

아기윤씨의 광란에 보행기 질주가 절정에 다다랐을 때, 바닥에 앉아 있는 한씨의 등짝으로 윤씨는 보행기를 몰아 돌진하였다.

'쿵!'

한씨는 자신의 등짝에 달라붙어있는 아기윤씨의 보행기를 붙잡고서는 윤씨의 표정과 고라니 같은 옹알이 소리를 한참 동안 관찰했다. 아기윤씨는 자신의 보행기를 붙잡고 놔주지 않는 한씨에게 화가 났는지 낙타 같은 침을 흘리며 더 큰 소리를 내었다.

"아따따! 분따!"

"야 이놈아 놓지 못하겠느냐?"

한씨가 갑자기 아기윤씨의 말을 동시통역하기 시작했다.

"흐탸? 뚜따따? 응냐 (너 내 말을 알아들을 수 있느냐?)"

한씨가 고개를 끄덕여 보였다. 이내 아기윤씨는 눈을 동그랗게 뜨고 신비하다는 듯이 한씨를 쳐다보았다. 그리고서는 보행기에 동물소리 버튼을 두들기며 소리쳤다.

"에따!"

"으음.."

고민하던 한씨는 보행기에 있는 동물소리 나는 버튼 중 오리 버튼을 눌렀다.

"꽉꽉!"

아기윤씨는 흠칫 놀랐다.

"후또."

"음메(소 버튼)"

"냐냥"

"야옹(고양이 버튼)"

아기윤씨는 자신이 말한 것을 한씨가 모두 눌러 맞추자 신났는지 발을 박차고 구르며 손가락을 입에 넣고는 침을 듬뿍 묻혀 그것을 한씨의 얼굴에 발랐다.

"아땨. 아웅 꺄꺄! 히까 오우웅 빠빠! (나는 네가 마음에 든다. 너는 어이하여 내 말을 알아듣는가?)"

"나도 잘 모른다. 단지 너의 숙부로서 너의 마음을 읽기 위해 노력했노라."

한씨. 평소 조카와 노는 것을 즐겨 그 정신연령까지 같아진 듯하다.

"너는 어찌 음주한 여포처럼 유모차를 몰고 온 식구들에게 행패를 부렸느냐?"

"아 우웅. 우냐. 나냐냥 가까! (심심해 죽겠는데 누굴 거지로 아는지 자꾸 밥 만주어 화를 못 이기고 그리했다)"

"내 숙부이지만 언제나 너의 친구가 되어주겠노라. 불편한 것이 있다면 내게 말하라."

이후 아기윤씨는 불만이 있을 때마다 한씨에게 돌진했다.

"무먀 쮸 따냐롸 아까꺄 냐짜."

"어머니. 아기가 이르기를 이유식에 언제까지 버섯이랑 당근만 넣고 멀건 죽 상태로 줄 거냐고 합니다. 싱거워서 못 먹겠다 네요."

"에오. 우투투 깨냐 아웅꽈뗘."

"그러니 된장을 좀 넣어서 짜게 하고 전복 같은 것도 넣어서 돈을 아끼지 말아달랍니다."

한씨의 통역에 할머니 조씨는 그녀의 인품이 느껴지는, 인중의 솜털을 쓰다듬으며 답했다.

"너의 말이 참으로 신묘하고 기기하구나. 내 너의 말대로 해보 마."

한씨의 말대로 이유식을 대령하자, 그것이 입맛에 맞았는지 아 기윤씨는 이유식을 손으로 퍼먹었다. 아기윤씨는 쩝쩝 소리를 내며 이렇게 말했다.

"까까 뚀우 아뗘뗘 아까 히캄 (나를 낳아준 것은 부모님이시 고, 나를 알아주는 것은 더벅머리 한씨이다)"

한씨는 이후로도 아기윤씨의 기저귀 교체 요구, 잠투정, 원하는 놀이를 맞추며 일등 집사 노릇을 하였다.

시간이 더 흘러 아기윤씨가 돌잔치까지 치르고 한양답지 않게 별빛이 영롱한 어느 날 밤. 할머니 조씨와 삼촌 한씨. 아기윤씨 는 집 앞 공원으로 산책을 나갔다. 긴 의자에 아기윤씨를 가운

데에 앉히고 손을 맞잡은 체 휘황찬란하게 뜬 보름달을 보며
노래를 불렀다.

『 구월가(口 月歌)

뒤뚱뒤뚱 뒤뚱씨

아기아기 아기씨

말랑말랑 손꿈치

포동포동 뒷꿈치

요손저손 손잡구나

건강해라 아가둥아

태종태세 문단세

그런것은 몰라친다

건강하자 우리아기

말잘하자 뒤똥아씨

영특하자 우리윤씨

손더커도 이뻐줌세』

이때 할머니와 삼촌의 재롱을 손뼉 치며 감상하던 아기윤씨의 눈동자가 갑자기 흔들렸다. 달빛이 푸른색에서 황갈색으로 변하고, 별들이 이동이 시작되었다. 그리고서는 평소보다 훨씬 긴 옹알이를 하였다.

"땨땨..꾜 땨 하가냐 후죠꾸 맘먀라냐 가댜 아! 아! 갸걕갸! 야 옹야옹 꼬조조 냔냐!"

한씨는 양손으로 놀란 입을 틀어막고 아기윤씨의 옹알이를 평소와 달리 바로 해석하지 않았다.

"왜 말을 하지 않느냐? 아기가 뭐라 한 개야?"

"그.. 그것이.."

"퍼뜩 말하지 못할까!"

"천하의 안정 뜻하는 태백성이 우리 가족을 뜻하는 형옥성 옆으로 이동하여 그 기운이 사(死) 하였다. 나의 운명을 결정하는 자미성은 그에 반해 더 밝아졌으니 이것은 두어 달 안에 나에게 큰 변고가 생길 조짐이로다."

"우리 아가가 좀 크더니 농담이 심하구나. 인간의 운명을 어찌 하늘을 보고 안다는 말이냐."

조씨는 애써 침착한 척하며 꺼림칙한 표정을 숨기기 위해 노력했다. 한씨는 아기윤씨가 걱정되어 답했다.

"본디 아기는 어른이 보지 못한 것을 볼 수 있고, 통하지 않는 것과 통한다고 하였습니다. 아기가 천문을 볼 줄 아는 것도 이상한데 그 해석이 보통이 아니니 웃어넘길 일이 아닙니다."

"스무해도 더 전에 너 태어날 적 하늘을 보니 널 뜻하는 장군성이 남극성에 먹혀 바보 천치가 태어날 거라고 사람이 수군거렸지만 생각보다 넌 멀쩡하지 않느냐. 아기의 어린냥에 신경쓰지 말고 그냥 흘려듣거라."

한씨는 불안하였지만 이일을 다시 입에 담지 않았다. 그리고 아기윤씨가 말한 두 달이 지나고 진시(저녁7~9시 사이)에 한씨가 퇴근했을 때 아기윤씨는 평소처럼 현관까지 나와 한씨를 맞이했다.

"구댜 아바바 우뱌뱌 까까삼바 (어서 씻고 나와 놀아주거라. 다른 사람들은 나와 수준이 안 맞느니라.)"

여기까지는 아기윤씨가 평소처럼 옹알이로 말하였다. 그다음 한 말에 말한 본인과 듣는 사람 모두를 놀라게 했다.

"사쭌."

"에그머니나! 우리 윤이 이제 말할 줄 아는 것이냐?"

발음이 어눌하기는 했지만 분명 한씨를 가리켜 자기도 모르게 '삼촌'이라고 말했다. 아기윤씨는 멀쩡한 인간 말로 말할 능력을

갖게 되자 충격에 다리 힘이 풀려 3등신 몸이 바닥으로 눕히었
다. 말을 못 하던 시절에는 어른들이 모두 자신에게 맞추어 생
활했다. 하지만 사람이 말을 하게 되면 책임이 따른다. 이제는
마냥 어린냥을 할 수는 없게 된 것이다.

  '이것이 하늘이 두 달 전 내게 알려준 운명인가..'
아기윤씨는 살며시 방문을 닫았다. 그러고는 식음을 전폐한 체
끙끙 앓았다. 다들 윤씨가 감기에 걸린 것으로 생각하였지만
한씨만은 마음의 병이라는 것을 알고 있었다.

  한씨가 주말 내내 아기윤씨를 지극한 정성으로 보살펴서 윤씨
는 완쾌하였다.

  "우리 윤, 이제는 안 아파?"
한씨의 말에 아기윤씨는 몸을 일으켜 한씨를 바라보았다. 이틀
전과 달리 무언가 결심한 듯 차분함이 느껴졌다. 윤씨는 조막
만 한 손으로 한씨의 목덜미를 끌어안고서는 그간의 마음을 담
은 마지막 옹알이를 하였다.

  "사쭌. 아댜댜 아오 듀류 사쭌. 도맘 하파가 보보 (삼촌께서
  떼쓰고 소리만 지르는 저를 한없이 이뻐해 주신 거 알아요.
  더 크면 삼촌과의 추억을 잊을 테니 나중에 서운해하시지 않
  도록 고마웠다고 지금 말할게요.)"
한씨는 걸음마를 Ep고 가족 모두와 의사소통이 가능해진 아기
윤씨가 기특하면서도 다시는 돌아오지 않을 윤씨의 옹알이 시
절이 흘러가는 것을 아쉬워했다.

그리고 13년 후. 중1. 13살의 나이에 이미 6척이 넘어 걸리버 스러워진 윤씨지만 아기 때의 성격은 그대로여서 화를 내면 아무도 말리지 못하였더랬다. 윤씨의 여름방학을 맞이하여 온 가족이 저녁 식사를 위해 모였을 때 윤씨의 본연의 성질이 터져 나왔다.

"괜찮게 나오기는 했는데 다음에는 좀 더 노력해하면 좋을 것 같아."

"이 정도면 잘 나온 거지 왜 뭐라고 그래."

"반 평균이랑 비교해 보니 그렇다는 거야."

"아 진짜!"

즐거워야 할 가족 저녁 식사에 윤씨의 기말 성적을 가지고 여기저기서 말들이 나왔다. 윤씨의 평균 성적이 85점이나 되지만 반 평균이 80이라 윤씨의 성적을 그저 그런 성적으로 가족들이 평가하여 윤씨가 화가 났다.

가족들의 지적질이 계속되자 12년간 숨겨왔던 윤씨의 소싯적 포악함이 다시 폭발하기 직전이었다. 윤씨는 중1 특유의 분노에 휩싸여 자신의 감정을 제대로 표현하지 못했다. 가족 식사의 붕괴 위험을 느낀 삼촌 한씨가 재빨리 입을 열었다.

"우리 윤이 화난 건 자기 나름대로 열심히 했는데 그 노력은 인정해 주지 않고 별거 아니란 듯이 모두 말해서 화난거야."

삼촌의 말에 화난 고양이처럼 온몸의 털을 세우고 있었던 윤씨는 화가 사르르 녹아내렸는지 고개를 끄덕이며 웃어 보였다.

  "맞아. 그거야."

작가와의 수다

배가전(裵家傳) – 윤씨편

　동네 사람들이 모두 알다시피 한씨에게는 애지중지 아끼는 조카 윤씨가 있다. 두 사람 나이 차이는 지천명인데 노는 건 똑같아서 삼촌과 조카 사이가 아니라 동문수학하는 친구 사이었다. 그러다 보니 13살 조카는 한씨를 볼 때마다 구박 거리를 찾아 꼬집었다.

　"삼촌 머리 볼 때마다 답답하고 너저분하니 너무 괴이하여 내
　오늘 손보겠노라."

윤씨는 한씨 머리에 폭풍 같은 물세례와 세탁소 인두질을 시작하더니 조금만 움직여도 가만히 있으라며 호통을 쳤다. 결과는 매해 인간 모습이 아니라 가축과 인간의 중간인데 이러고도 미안함이 없는 윤씨는 평소에 자기변호는 끔찍하게 잘하여 달변가 중의 달변가다. 한 번은 식사 중에 한씨가 조카 윤씨에게 호통을 했으니.

　"근래 들어 너 어이함에 식사 때에도 남사당패 무리 사진 보
　기를 밥 먹기보다 더하니 그 해괴한 짓을 언제 그만둘꼬."
　"숙부가 평소 심성에 이로운 것은 가까이 두고 심성에 해로운
　것은 멀리하라 하였거늘 이 흐뭇한 남정네들 잠깐 보는 게 뭐

가 그리 흠이 된다고 나를 핍박하는가!"

"내 그리 말할 때도 가족을 우선시하고 즐김에 정도를 지키라 했는데 어찌 핍박하였다 말하는 것인고. 또한 공맹의 가르침에 시작도 가족부터이니 너의 말에 함부로 함이 있다."

그러자 윤씨 한숨을 쉬고 혀를 차며 말하기를

"공맹의 가르침이란 옛 성현의 말이고 숙부의 말이 아니니 자신의 말처럼 하는 것은 자신의 부족함을 다른 사람의 말로 채움과 같을 지어다. 또한 성현의 경전을 있는 그대로만 생각하고 앵무새처럼 말하는 건 그 본뜻을 모름이리라. 공자는 뜻을 깨우치기 위해서는 스승과도 싸울 수 있다고 했거늘 그 뜻을 말하는 자가 다투기는 싫어하고 주장만 하니 가엽기 그지없도다."

누가 한핏줄 아니랄까 봐 윤씨는 한씨가 할머니에게 많이 하던 말버릇을 똑같이 따라 했다. 이렇듯 어른에게 바락바락 대드는 아이라면 보통의 어른들 탁자를 내리치며 불호령을 내리지만, 한씨는 자기 닮아 천재라며 껄껄거리니 필시 범인이 아니거나 쓸개 빠진 자렸다.

윤씨는 양반인 척은 다하면서 저 하고 싶은 것도 다해서, 방귀도 남다르게 갈라 뱉으니 가죽 의자에 앉아 다리를 꼬고 마치 안한 듯 발사하였다.

'빵!'
'움찔'

'빠방!'

'움찔움찔'

조부모가 곁에 있는데도 윤씨의 엉덩이가 마구 고함을 쳐대서 모두 쳐다보지만 아무도 지적질을 안 하노니. 윤씨의 6살 동생이 불현듯 나타나 숙부가 가르쳐준 것을 말했다.

"가스!! 가스!!"

"그렇지! 숙부가 뒤에서 소리 내는 사람 있으면 다가가서 머라고 하랬지?"

"가스!! 가스!!"

온 식구가 웃어 대는데도 윤씨는 4일 굶은 호랑이보다도 더 냉혹한 표정을 지으며 미동조차 없었다. 그 와중에도 윤씨가 뒷문을 통해 빵 소리를 또 내자 한씨가 윤씨의 옷깃을 살짝 잡았다.

"어찌하여 내 옷깃을 잡는고?"

"하늘로 날아갈 듯하여 잡은 것이니 가족의 정이라 생각하고 괴이하게 여기지 말지어다."

그러자 윤씨 피식 웃어대니, 이분이 이 정도 웃는 것은 태풍이 나무뿌리를 뽑아버리고 천둥이 땅을 가르는 정도의 웃음이다. 과연 한 숙부는 이 집에서 윤씨를 웃길 수 있는 유일한 인물이다.

그렇다고 윤씨가 근본부터 냉소적인 것은 아니라 탯줄 달고 태어날 무렵은 지금과 달랐다. 아기 시절 숙부와 한 집에서 자란 윤씨는, 퇴근하는 숙부의 발걸음 소리만 들려도 공중제비를 돌아 팔로 달려들어 안아달라는 말과 사랑해라는 말을 일각에 도 수십 번 하였다. 금시에 이런 말을 하면 믿지 못하고 부정 하니 그럴 때면 제법 숙부를 서운하게 하였다.

 어느 덧 윤씨는 어린아이로서 과년하여 초등학교 졸업 사진 찍을 때가 되었다. 추석을 넘겼지만 아직 눈치 없는 여름 살기 가 남아있던 어느 날, 학교까지 걸어가기 싫었던 윤씨는 옆집 개보다도 만만한 숙부에게 차로 대려다 달라 하였다. 존심도 없는 한씨는 모진 구박을 받으면서도 좋다고 살랑거리니 필시 쓸개뿐만 아니라 뇌도 없으리라. 한씨는 윤씨를 차에 태우고 초등학당 가는 길에 윤씨가 연모해 마지않는 남사당패 '승리자' 이야기를 꺼내었다.

 "승리자 패거리들의 노래는 3번을 들었을 때는 모르나 1년을 들으면 3년을 즐기게 되니 실로 그 깊이를 알 수 없도다."
 "숙부. 승리자를 그리 평하니 흥을 알고 풍류를 아는 듯하도 다."
주거니 받거니 아침 댓바람 길바닥 울리게 승리자 노래를 틀어 대니 초등학생의 출근길이 마당놀이 춤사위였다. 한씨는 초등 학당 앞에 윤씨를 내려주며 10년 모신 주인 바래다주듯이 자기 입술에 손을 대고 연신 뽀뽀와 '사랑하노라'를 외쳐 댔다. 가족 뿐만 아니라 염라대왕이 집안에 들어와도 인사를 안 하는 윤씨 가 반달눈을 하고 햄스터 같은 미소로 손 인사를 하자 숙부인 한씨의 눈 밑이 찡해지며 5살 때 윤씨의 모습과 겹쳐 보이더라.

"그래그래 어서 가거라. 우리 아가."

애 한 번 배어보지 못한 한씨. 이렇듯 윤씨를 좋아하니 뇌가 없음이 흠이 아니리라.

작가와의 수다

화계사 원정대

"어머니 지체 무강하시옵니까. 소자. 어머니의 입맛이 쇠하시
지는 않았는지 기미를 보기 위해 유시(오후5시)에 찾아뵙고져
합니다. (엄마 나 저녁에 밥 먹으러 갈게)."

"네 찾아온다는데 어찌 어미가 거부할 소냐. 수라상을 차리라
면 차릴 것이요 황제의 만찬을 원한다면 내 머리를 팔아서라
도 먹일 지어나 집안 석빙고 한구석에 있는 것은 오직 풀뿌리
뿐이구나. (귀찮게 시리 왜 오는 거야. 나물밖에 없으니 알아
서 먹고 가)"

어느 날씨 좋은 토요일 오후 한씨는 뼈대 있는 문장력으로 어
머니 조씨에게 톡으로 파발을 띄웠다. 이들의 말본새는 두 사
람의 지체 높고 뿌리 깊은 집안 연혁에서 나온다. 먼저 한씨
시조 되시는 분은 2000년 전 신라의 시조 박혁거세를 왕으로
추대한 공로로 성을 하사받았다. 또한 한씨는 어린 시절 친할
아버지에게 무인이었던 고조부의 무용담을 들으며 고조부처럼
올곧고 바르게 자라고자 항상 생각만 하고 출신에 대한 허세만
품은 체 성장하였다.

어머니인 한양 조씨의 집안 역시 조선 개국공신 개혁가 조광 조를 배출한 걸출한 양반가였다. 조씨 집안은 20세기 초 전라 도 이리(현 익산)로 터를 잡게 되니 그곳은 제왕의 기운이 돌 아 백석꾼이 되고 나중에 여걸 조씨를 낳게 된다.

이 두 모자는 화성에 식민지를 계획하는 21세기에도 그 뿌리 를 잊지 않고 전통 귀족 가문의 교양 있는 화법을 구사하였다. 그들의 교양 있는 대화가 어느 때보다도 꽃 피어 오른 때가 있 었다. 그날은 하늘 위 떠다니는 인공위성이 보일 것처럼 청명 한 가을 어느 날이었다. 조씨는 옛날 같으면 장가를 두 번 가 는 게 가능했던 나이에도 책과 학문에만 열중하는 척하다가 자 는 아들 한씨의 건강이 걱정되어 불자인 자신이 자주 가는 '화 계사'에 같이 가기를 전화로 청하였다. 화계사는 북한산에 있는 절로, 점심때 불자들과 템플스테이를 하는 학생들에게 무료 사 찰음식을 제공한다.

"아들. 귀인의 올바른 품행은 책 속에만 있는 것이 아니라 자 연 만물을 해석하는 능력에 있다는 것을 아느뇨."
"화계사 행에 같이 합을 맞추어 떠나자 함을 말씀하시는지 요?"
한씨는 조씨가 말하는 의도를 찰떡같이 알아맞히었다.
"어찌 아드님에게 속마음을 숨기리오."

조씨는 임꺽정 느낌 나게 웃으며 인중의 솜털을 쓰다듬었다.

"소자. 험한 산길을 보행하시는 어머니의 뒤를 지키고자 같이 가겠사옵니다."

"춘풍이 메마르다 한들 아들의 효행이 마를 수가 있겠는가. 어서 행장을 꾸리고 청산을 누비자 꾸나."

얼핏 보기에는 한씨가 어머니의 말을 고분고분 듣는 효자인듯하나, 혼자 사는 혼남인지라 그냥 점심 차려 먹기가 귀찮아 따라나서는 것이다. 한씨는 간단히 운동화에 긴 소매 옷만을 입고서 어머니의 아파트에 도착했다. 그리고 1층 출입문이 열리며 어머니 조씨의 모습이 보였다. 호피 무늬 망토에 호피 장갑. 가을 산을 불태우는 빨간 등산화를 신고 있었다. 우연인지 필연인지 갈기 같은 파마 머리카락까지 하고 있어. 패왕의 기운이 느껴졌다.

"단풍을 휘장처럼 두른 어머니의 복장은 가히 양귀비도 고개 숙일만 하나 가을 멧돼지를 노리는 포수의 시선이 염려되옵니다."

"하하하! 따라오거라!"

그녀는 아들의 농담에 호연지기를 보이며 웃고는 홍길동처럼 축지법을 쓰며 북한산 호랑이처럼 산길을 올라갔다. 아들 한씨는 육십이 절반이나 지난 어머니를 따라 잡지 못했다.

"소자. 숨이 턱까지 차고 다리가 아파 못 따라가겠나이다."

"이것을 먹어보거라."

조씨는 산길 중턱에서 무언가를 꺾더니 아들에게 내밀었다. 한씨가 그것을 받아 우적우적 씹어 먹고 나자 호랑이 기운이 솟아났다.

"이것이 무엇이옵니까? 활력이 샘솟습니다."

"돌미나리니라. 해독작용과 양기를 북돋아 주는 기능이 있지."

"어머니는 어찌 이런 것을 아시나이까?"

"내 어릴 적 산길을 걸으며 항상 바라보던 것들을 그냥 지나치지 않다 보니 알게 되었느니라."

"그럼 요 나팔꽃처럼 생기고 진한 분홍빛을 띤 꽃은 무엇인지요."

"물봉선이니라."

"선비의 도포 자락처럼 하얗고 수줍은 자색을 띤 요 뾰족뾰족한 꽃은 무언인지요."

"산달래니라."

조씨가 처음 보는 식물의 이름을 한 번에 맞추는 것이 신비하여 한씨는 일부러 어려운 것을 찾아보았다. 한씨 옆에 그냥 긴 잡초로 느껴지는 초록색 식물을 가리켰다.

"이것은 무엇인지요?"

"비수리."

한씨는 어머니의 지식에 감탄했다. 사람들은 자주 봐온 것을 잘 안다고 착각할 뿐, 실제로는 모르는 것투성이다. 남자들이 차가 고장 났을 때 보닛을 습관처럼 열어보지만 아무것도 못

하는 것과 같다. 한씨는 어머니 조씨가 자식들 뒷바라지를 하며 평범한 가장이자 주부로 살아온 것이 안타깝고 죄스럽게 느껴졌다.

다섯 개의 능선을 지나 가을 햇볕에 땀이 마를 때쯤, 화계사 진입로에 있는 개천가와 그 위 나무다리가 보였다. 밥 짓는 냄새와 함께 화계사 중앙을 차지하고 있는 4층 높이의 석탑이 두 사람을 환영했다.
"나무관세음보살."
화계사에 진입하고 이 절의 랜드마크인 돌탑에 합장하는 조씨와 달리 아들은 뒤에 멀뚱멀뚱 서있었다.
"어째서 합장하지 않는 것이냐?"
"아들은 불자가 아니오."
"인사는 상대를 존중하는 예의 표시요 친교의 근본이니라. 주인의 집에 와서 그 가풍을 어긴다며 객으로서의 자격을 잃는 것이니 이곳에 발 디딜 수 있겠느냐? 불자가 아니더라도 절에 온 이상 합장으로 곤경에 의미를 다하거라.(죽을래? 빨랑해)"

호랑이의 다그침에 한씨는 빨리 합장을 하고 식당으로 달려갔다. 사찰음식이 다 그렇듯이 6가지 나물 반찬이 올라간 밥에 고추장이 섞여 나왔다. 소박한 음식이지만 한씨는 평소 뭘 먹을지 고민하는 것 자체를 싫어해서 알아서 차려준 만찬에 대만족하였다. 문제는 양이었다.

"사찰음식 한 그릇에 오곡의 생과 만물의 소생이 전부 담겨 있어 그 심오한 철학을 다 느끼기에 저의 미각과 시간이 부족하나이다.(밥 양이 너무 적다. 더 먹고 싶어)"

돌려 말하는 능력은 한씨가 세계 제일이다.

"사물의 흐름에 시간의 이치가 적용되는 것은 당연한 것이니 너무 괴로워하지 말고 오곡의 철학을 몸소 느끼고자 줄 서 있는 중생의 뒤에 다시 한번 스는 용기를 가지거라.(알았으니 줄 서서 한번 더 먹어)"

"시간의 흐름을 한 번 더 느끼기에 소자의 도량이 어머니만 못하고 드넓은 황하를 건너는 뱁새의 용기만 못하나이다.(쪽팔려서 못서겠어.)

조씨는 아무 말 없이 중생들의 뒤에 서서 밥 한 그릇을 더 타와 아들 한씨에게 내밀었다. 한씨는 어미에게 한번 먹어보라는 권유도 없이 그 밥을 집어삼키기 시작했다.

그 모습 뒤로 보이는 오동나무의 주인 없는 새 둥지에는 어미가 가져다준 먹이를 먹는 새끼의 모습과 그것을 지켜보는 어미새의 모습이 조씨 눈에만 보였다.

"너의 형과는 이런 시간을 가져보지 못했느니라."

"같은 배에서 태어났거늘 형과는 이런 시간을 가져보지 못했나이까."

"너의 형은 모든 것이 빨랐느니라. 성장도 졸업도 취업도 결혼도. 나의 곁에 둘 시간이 없어 그것이 언제나 내 마음을 슬프

게 하는구나."

한씨의 다섯 살 손위 형은 힘든 직장 생활과 어려운 편입. 연예와 결혼으로 질풍 같은 20대를 보냈다. 한씨의 형은 일 년에 4일만 쉬며 직장 생활을 하던 와중에, 대학 편입까지 하여 나중에는 건설사의 연구원이 되었다. 나중에 한씨가 알게 된 사실이지만 형의 사회 초년생 시절은 새벽 퇴근과 새벽 출근의 반복이었으며 형의 구정물로 범벅된 작업복을 매일 세탁하는 조씨가 풀어낸 마음의 눈물이 세제처럼 같이 세탁기에 들어갔었다. 한씨는 언제나 의젓하고 꿋꿋한 형을 보며 감히 인생이 힘들다느니 하는 헛소리를 하지 못하였다. 어머니 조씨는 믿음직한 장남을 보며 대견해하면서도 자신에게 응석 한번 안 부리고 보내버리는 것을 아쉬워했다.

"나의 친구들은 아직도 어미와 놀아주는 자식이 있다는 것을 부러워하느니라."
"그런 아들을 한때 빨리 내쫓고 싶어 안달이 났었잖소."
한씨는 5년 전 쫓겨난 것이나 마찬가지인 수준으로 독립을 하였다.
"어미의 사랑이 과하면 욕심이 되느니라. 과년한 아들을 곁에 두는것 보다는 이렇게 소소하게 만나는 것을 어미는 즐기고자 한다."

두 사람이 돌아가는 길. 가을 구름을 타고 흘러내리는 햇빛이

등산객 모두를 비추었고 한씨와 조씨에게는 마음속까지 그 빛
이 들어와 따스함이 고스란히 전해졌다.

작가와의 수다

판타지

엔드 오브 데이즈 - 이종(異種) 대결

2032년 운석 충돌. 2044년 외계인 침공. 두 차례의 지구 멸망 위기를 넘긴 지구인들은 모두가 삶의 소중함을 깨닫고 서로를 사랑하며 유사 이래 가장 평화로운 시대를 맞이하게 된다. 하지만 이것은 인간들 사이의 평화고 다른 곳에서는 원초적인 약육강식의 세계가 펼쳐졌으니 바로 이종 간의 대결이다. 2044년 지구를 침공한 외계인의 비행선에는 네트로 사파이어라고 부르는 광석이 들어있었다. 이 광석은 외계인 우주선의 방향제로 전두엽이 발달한 인간은 느끼지 못하지만 촉감이나 후각이 발달한 동물은 느낄 수 있다. 단 10kg만 있어도 지구 대기에 그 향이 다 퍼질 정도로 확산력 또한 좋아 삽시간에 전 세계로 퍼져 나갔다. 문제는 인간을 제외한 전두엽이 발달하지 않은 동물들이 이 광석의 향에 노출되면 뇌가 서서히 발달하여 인간의 언어를 구사하고 고등 생물로 진화한다는 것이다. 지구 정복에 실패한 외계인이 지구를 떠나며 실수로 이 광석을 두고 가게 되고, 그로 인해 대기 중에 이 광석의 향이 퍼지자 2046년 모든 동물들이 진화하여, 인간과 자신은 동등하다는 동권

(動權)을 주장하게 된다. 동권(動權)과 인권(人權)의 충돌로 인한 유혈사태가 계속되자 고양이를 대표로 한 '닝겐과 동물의 영구적 평화협정'이 2051년 체결된다. 이 협정이 체결되기 이전까지 일어난 무수한 혈투 중, 역사에 기록될 만한 세계 10대 이종격투가 있었다. 그중에서도 한국과 관련된 3대 격투 중 하나를 나 신미노가 기록으로 남긴다.

1편 : 한씨 vs 대왕 해파리

한씨. 그는 70살이 넘은 작가다. 대표작 '똥고과장' 하나를 연금처럼 우려먹는 작가로, 대결이 일어난 그날은 홀로 제주도 서귀포 해수욕장에서 망중한을 즐기고 있었다. 튜브를 엉덩이에 걸치고 하늘을 보며 바다를 떠다니던 중 갑자기 소변이 마렵기 시작했다. 아무도 없는 망망대해 바닷속에 잠긴 하반신에서는 그대로 소변을 내뿜었고 그는 몸을 부르르 떨었다. 그때 그의 눈앞에 갑자기 엄청나게 노랗고 지린내가 나는 거대한 물체가 솟아올랐다. 대왕 해파리였다.

솟아오른 대왕 해파리에게서 제일 먼저 보이는 것은 머리에 새겨진 '필사즉생 필생즉사'라는 문신이었다. 그의 몸체는 뇌까지 근육이 아닐까 싶을 정도로 보통의 말랑말랑한 해파리와는 차원이 다른 근육질 몸체를 가지고 있었다. 그의 몸에 닿자마자 들끓는 바닷물의 열기가 수증기가 되어 아지랑이처럼 피어 올랐다.

"과인의 몸을 더럽힌 자.. 누구인 가.. 목숨으로 그 죄를 묻겠 노라.."

한씨가 지린 소변은 그 밑을 지나가고 있던 대왕 해파리에게 분사되어 해파리가 옴팡지게 뒤집어썼다. 오줌으로 샛노래진 대왕 해파리는 분노의 기합 소리와 함께 그의 촉수로 한씨의 다리를 휘감아 물속으로 빨아들였다. 한씨는 헉 소리를 내며 회오리처럼 심연으로 빨려 들어갔고 그의 입에서는 공포가 한 가득 담긴 물거품이 뿜어져 나왔다. 하지만 뭔가 이상했다. 대왕 해파리가 800마력 촉수로 당기는데도 그가 고작 바닷속 5 미터까지 밖에 당겨지지 않았다. 온 힘을 다하는 대왕 해파리 의 촉수가 인간의 근육처럼 부풀어 오르다가 끊어질 것처럼 가 늘어졌다.

대왕 해파리는 한씨가 엄청난 쫄보라는 것을 모르고 헛심을 쓰고 있었다. 그는 성인용 대형 튜브뿐만 아니라 구명조끼, 어 린이들이 팔에 차는 팔찌형 구명 튜브까지 차고 있었다. 대왕 해파리가 아니라 고래상어가 당겨도 물속으로 잠길 수가 없었 다.

"푸하!"

힘에 부친 대왕 해파리가 촉수를 놓자 한씨는 물 밖으로 스프 링처럼 튀어 올라왔고 필사적으로 육지를 향해 발버둥 쳤다. 한씨를 향한 분노가 극에 달한 대왕 해파리는 필살기를 날렸다.

"해퇴수라조열권!!!(海頹修羅組熱拳)"

대왕 해파리가 오호츠크해와 사할린에서 갈고닦은 필살의 한 방을 날리자 1천 개의 촉수가 석궁처럼 발사되었다. 그러자 공기총 천발이 동시에 터지는 듯한 공기의 폭발이 일어나며 물기둥이 300m 상공까지 치솟았다. 천둥소리도 묻힐 듯한 초대형 폭탄 소리였다. 지나가는 새가 들었으면 한씨가 죽다 못해 몸이 터진 게 아닐까 걱정했을 것이다. 그런데 물보라가 가라앉고 주위가 조용해지자 한씨는 멀쩡한 모습으로 안도의 한숨을 내쉬고 있고 대왕 해파리는 온몸이 멍든 체 '잉잉'거리며 울고 있었다. 이것은 한씨가 살기 위에 튜브를 들어 올려서 생긴 일이다. 그가 튜브를 들어 올리자 대왕 해파리의 촉수는 튜브와 구명조끼에 튕겨져 자기 몸을 강타했다. 한씨가 입은 구명조끼와 튜브는 미국 NASA에서 제작한 것으로 크롬으로 코팅된 합성 실리콘에 탄소나노 기술을 결합하여 튜브인데도 쓸데없이 방탄 기능이 있었다. Made in NASA는 위대했다.

자신에게 두 번이나 굴욕을 안긴 한씨 때문에 속이 상한 대왕 해파리가 울자 한씨는 그의 머리를 쓰담 해주며 위로하기 시작했다.

"죄송합니다. 해파리님.. 제가 일부러 그러려고 그런 게 아니라 늙으면 조절이 잘 안되고 죽는 건 죽기보다 무섭고.."

그때였다.

"혈도수파권!!!"

대왕 해파리는 한씨의 목을 촉수로 칭칭 감더니 급소되는 혈자리를 쥐어틀며 그를 목 졸라 죽이려 했다. 한씨의 얼굴이 곧 터져버릴 풍선처럼 변했다.

"사.. 살려.."

대왕 해파리는 더더욱 세게 한씨의 목을 감았고 승리를 확신했다.

"흐흐. 건방진 인간. 너는 이제 끝장.."

대왕 해파리는 말을 다 하기도 전에 갑자기 어지러움을 느꼈다.

"뭐.. 뭐냐.. 너 내 몸에 무슨 짓을 한 거야."

대왕 해파리의 촉수는 풀렸고 그의 촉수는 탈수되어 말라가기 시작했다. 대왕 해파리가 또 하나 간과한 것이 있었다. 한씨는 전신에 선크림을 발랐는데 그것은 인근 상가에서 산 유통기한이 지난 'Made in China' 선크림이었다. 선크림은 산호초를 말라 죽게 할 정도로 바다 생물에게 굉장한 독성을 가지고 있었다. 더군다나 유통기한 지난 중국산 선크림이라니. 대왕 해파리도 버텨낼 재간이 없었다. 마음씨는 착한 한씨는 자신을 해치려고 한 대왕 해파리를 어떻게든 살리기 위해 해변 모래사장으로 끌고 갔지만 의도와는 다르게 물속에서 사는 해파리를 육지로 끌고 가자 대왕 해파리는 빈대떡처럼 납작해졌다.

"날 쓰러트린 자 이름을 대거라."

"한씨라 합니다.."

"한씨.. 지략으로 날 꺾다니 대단하구나. 너를 인간계 최강으로 인정한다. 부디 너의 지략을 세상을 위해 쓰기 바란다."

해파리는 쿨럭 소리를 내며 입에서 어제 먹은 멸치를 토하며 죽었다.

"해파리님!! 해파리님!!!"

한씨는 해지는 백사장 위에서 하염없이 눈물을 훌쩍이며 있지도 않은 지략을 칭찬해 준 대왕 해파리의 죽음을 애도했다. 이 이야기는 제주도의 전설이 되어 무위자연의 인간이 유일무이하게 해양계 최강을 이긴 기록으로 남게 된다.

『에필로그1 : 해파리는 원래 뇌가 없다. 이 대왕 해파리는 10년 전 대한민국 해양생물과학원에 납치되어 돼지 뇌 이식 수술을 당한 대왕 해파리다. 네트로 사파이어에 노출되어 고등 생물이 되자 자신을 납치해 실험한 인간에 대한 복수심으로 싸움을 걸어오다가 한씨라는 임자를 만났다.』

『에필로그2 : 한씨는 NASA에서 연 '인류의 화성 식민지 개척 20주년 기념' SF동화 공모전에 당선되어 튜브와 조끼를 선물 받았다. 애초에 어린이를 대상으로 한 대회이기 때문에 한씨를 제외한 나머지 당선자들은 전부 초등학생이다.』

작가와의 수다

저승사자의 마중

#1 뜻밖의 여행

 과장 좀 덧대서 지구 역사상 가장 더웠던 어느 여름날 새벽. 한씨의 동태가 심상치 않았다. 자기 위해 누워서는 20분도 안되어 헉헉거리더니 욕실에서 찬물 샤워를 하고 다시 눕고 금세 일어나 샤워하기를 3번째 반복하고 있었다. 누군가가 뜨거운 물에 담근 스펀지를 한씨의 입에 물려놓고 기도를 막은 느낌이 드는 밤이었다. 이 더위에도 한씨의 집에는 에어컨이 없다. 뭐하나 구매하려면 결정하는 데 백 년 걸리기 때문에 벽은 어디를 뚫어야 하나 설치비는 얼마나 줘야 하나 고민할 시간에 깨끗이 포기하는 게 한씨 성격이다. 그 성격이 곧 화를 불렀다. 샤워실을 들락날락하다가 그나마 얕은 수면 상태에 빠져 1시간쯤 지났을까, 한씨가 자다가 말고 숨이 넘어갈 듯 컥컥거렸다. 침이 목구멍에 걸렸을 때 나는 소리와 비슷했다. 이전 여름에도 습도가 높은 날 '죽을뻔했네'를 외치고는 다시 잠들었는데 이날은 달랐다. 기상 관측 사상 최악의 폭염이라는 뉴스가 괜히 나온 것이 아니었다. 컥컥 소리를 몇 번 내고는 깨어나지를 않았다. 잠시 후 그가 눈을 뜨자 낯선 모습을 한 자가 나타났다. 사람이 너무 놀라면 말이 안 나오게 된다.

"저! 저! 저!"

한씨가 불난 집의 강아지처럼 눈알을 굴리면서 삿대질만 계속해대는 것이 답답했던지 앞에 나타난 상대가 대신 말하였다.

"그래 나 저승사자다! 말을 하든지 말든지 거참 답답하네."

"도둑이야!!! 도둑!!"

한씨는 고래고래 소리를 질러 되었다. 시커먼 개량 한복을 입은 저승사자를 보고 도둑으로 오해할만했다.

"진짜 특이한 놈이네. 저승사자보고 도둑이야 소리 지르는 놈은 네가 처음이다"

"저승사자라고요? 그런 게 진짜 있나요? 그보단 제가 죽었나요?"

"그래 너 침 삼키다가 숨 막혀 죽었어. 내가 너 마중 나왔으니 어여 저승가자."

"안 돼요. 아직 장가도 못 갔고 토끼 같은 조카들이랑 더 놀고 싶다고요."

"늙어서 죽은 사람들은 너처럼 아쉬운 거 없는 줄 아냐."

"어제 야근하느라 이도 안 닦고 씻지도 안고 잤어요. 가족들에게 지저분한 모습으로 죽은 모습을 보일 수는 없으니 씻고 죽을 시간이라도 주세요."

저승사자가 한씨의 죽은 모습을 보니 부랑자 노총각이 7월 가뭄에 먼지 구더기 땡볕 속에서 죽은 것처럼 지저분한 게 딱해 보이기는 했다.

"내가 이승에 육신이 있으면 대신 씻겨줄 텐데 내 몸뚱이는 저승에 있다. 네가 이해해라."

"제발 한 번만 기회를."

"그러게 선풍기를 몸쪽으로 틀고 자지 그랬어. 몸에 열이 오르니까 숨이 막히지."

한씨는 선풍기를 하반신 쪽, 그것도 발끝 부분을 향해 틀고 잤다.

"선풍기 틀고 자면 숨 막혀 죽을까봐 그랬어요. 살려주세요. 제발."

"한심한 놈.. 아직도 선풍기 틀고 자면 죽는 줄 아는 사람이 있다니."

죽어서 징징대는 인간을 만나는 게 다반사인 저승사자는 한씨와 노닥거리는 것이 지겨웠다. 더는 안 기다리고 한씨가 말하는 중간에 땅을 박차며 그의 몸을 공중에 띄우더니 한씨의 손을 덥석 잡았다. 그러자 하늘과 땅이 갈라지고 두 사람의 몸이 엿가락처럼 길어지며 어디론가 솟구쳐 올랐다. 한씨는 '안돼'를 외치며 이승에서의 마지막 눈물을 흘렸다. 한씨의 몸이 솟구쳐 오르자 5가지 색상을 가진 오방빛 터널이 나왔고 그 빛 사이로 한씨의 지난날이 액자들 속에 들어간 체 회전하며 고인의 마지막을 배웅했다. 액자들 속에는 버스에서 땀 흘리는 10대 시절의 모습, 화계사에서의 추억, 20대 시절의 빠숑, 조카들의 아기 시절 모습들이 들어있었다. 한씨가 그것들을 잡으려고 할 때마다 액자들은 핑크색 꽃잎으로 변하고 끝에는 허무한 인생처럼 빗물이 되었다.

3분 전까지도 살아있었던 한씨는 현실을 받아들일 수 없었다. 잠시 혼절한 한씨는 수면 마취로 대장 내시경 받고 깨어난 사람 마냥, 부지불식간에 저승문에 당도했다.

"여기가 저승이다. 네가 상상하던 거랑 비교해 보니 어때?"
한씨는 평소 저승 따위는 믿지 않았다. 그런데 눈앞에 현실로 나타나자 믿기지 않는 장면에 공포와 소름이 돋으며 몸이 얼어붙었다. 누군지는 모르지만 사람 키 3배 높이의 의자에 시골 동네 입구에 있는 장승처럼 생긴 사람 수천 명이 앉아 저승에 온 사람들을 심판하였다. 수천 명의 심판관이 한꺼번에 심판을 해서 한씨의 눈에 저승은 생각보다 질서정연해 보였다.

"저기 앉은 분은 누군가요?"
"염라대왕이시지. 빨리빨리 심판하기 위해 저분 스스로 4722명으로 분신하신거야."
"염라대왕님은 제가 대충 알기로는 죽은 사람이 처음 만나는 분이 아닌 걸로 아는데요?"
"예전에는 진광대왕님이 첫 번째였는데 요즘 이승 사람이 그런 걸 아나. 제일 유명한 분이 염라대왕이시니 이제는 죽으면 그분을 제일 먼저 뵙게 되지. 그래도 저승에서 힘은 진광대왕님이 제일 째. 그분이 제일 오래 재직하셨으니까."

멀리서 보이는 염라대왕 행동은 여러 모로 이상했다. 사람 머리를 쓰다듬기도 하고 호통을 치다가 망자에게 반성문을 쓰게 하고 몰래 고개를 돌려 눈물을 닦기도 했다.

"염라대왕님은 그 자리에서 사람을 기름에 튀겨 버리는 분인 줄 알았는데 의외로 행동이 선생님 같으시네요."

"지금 염라대왕님은 처음 죽은 지는 2500년이나 되셨고 환생도 4번이나 미루셨지만 취임한지는 얼마 안 되셨어. 옥황상제님을 존경해서 그런지 너무 착하시지. 이전 염라대왕님은 사자(死者)가 자기 말에 토 달면 곤장을 8000대씩 때리고 사람을 아주 짓이겨 버렸었는데."

"대왕직도 승계가 되나요? 아까 인지도 말씀하셨는데 저승도 사람들 인지도 따라 순서가 바뀌나요?"

한씨의 질문에 저승사자의 표정이 굳어졌다.

"아 나도 몰라. 대충 그렇다면 그런지 알 것이지 왜 이렇게 말이 많아. 빨리 앞장서기나 해."

저승사자 자신도 확실히 모르는 질문을 하자 저승사자는 한씨에게 신경질을 냈다. 한씨는 잔뜩 주눅 들어 내시처럼 종종걸음으로 이동했다. 곧 장승같았던 염라대왕이 거대한 바윗덩어리 같은 모습으로 보이며 그의 앞에 당도했다.

'머리가 엄청 크시다. 시골 마을 입구에 있는 장승이 히피 복장 한 걸 같아.'

염라대왕은 똥머리에 마스카라가 7cm는 번진 것 같은 눈, 거

뭇한 피부, 그리고 어깨너비만큼 큰 머리를 상체에 얹어놓고 있었다. 눈썹은 매우 짙고 쌍꺼풀이 있는 게 남아시아인의 느낌이 강했다. 정체를 더 헷갈리게 하기 위한 의도인지 삼국지 스타일 갑옷에 승복을 걸치고 힙합 스웩 넘치는 10개의 반지. 밑창이 다 닳은 옥스퍼드 구두를 신고 있었다. 한씨는 무섭기도 하고 괴상하기도 한 염라대왕의 모습에 놀라 저승사자의 뒤로 숨었다.

"이리 와서 이 책에 손 올리고 거울에 얼굴 비쳐봐."
염라대왕은 'R'발음이 강한 말투로 숨어있는 한씨에게 오라는 손짓과 함께 어떤 책을 내 밀었다. 그 책에 한씨가 손을 올리자 한씨의 신상정보 및 인생 하이라이트 장면과 함께 그의 삶에 대한 통계치가 거울에 나타났다. 무엇이 잘못되었는지 그 와중에 거울을 못으로 긁는 소리가 났다.

"아우. 시끄러. 뭐야 이거? 야. 얘 아직 안 죽었어. 왜 데리고 온 거야."

"어... 맞는데 이상하다."

"한씨라는 사람이 사망자 명단에 있기는 한데 사망시간이 달라. 여태 안 나타나다가 온 거 보니 너 잘못 데려온 것 같은데? 사망 시간 뭐로 계산했냐?"

"갑자기년법이요..."
갑자기년법은 갑술년, 병자년 같은 옛날 방식이다.

"야. 내가 태양력 쓰랬지? 저분 생년월일이 태양력인데 갑자기년법으로 언제 바꿔 계산해. 요즘 트렌드 안 맞출래? 사망자 잘못 체크하는 거 옥황상제님이 제일 싫어하는 거 모르냐? 안 그래도 한국 나이 계산법이 만 나이로 통일되어서 헷갈려 죽겠는데 너까지 정신 사납게 할래."

"죄송합니다.."

"나한테 사과하지 말고 저분한테 사과하고 빨리 돌려보내드려."

"죄송합니다. 죄송합니다."

한씨는 저승사자의 사과와 집으로 돌아갈 수 있다는 사실에 유원지 구경하는 아이의 마음으로 돌변했다. 저승은 그의 호기심을 자극한 것으로 가득했다.

"얼굴도 착하게 생기신 게 이왕 오신 거 내가 인심 써서 진짜 죽었으면 극락 갔을지 지옥 갔을지 한 번 봐줄게."

염라대왕이 한씨의 몰골을 보니 전날 안 씻고 자다 죽어서 얼굴이 땟구정물로 범벅되고 꾀죄죄했다. 눈곱까지 낀 그의 한숨 나오게 불쌍한 모습에 염라대왕은 딱 한 번 밖에 써본 적이 없는 선심을 썼다. 염라대왕은 아까 저승 명부에 뜬 한씨의 인생 통계치를 살펴보다가 깜짝 놀랐다. 사망자가 저승 명부에 손바닥을 올려놓으면 성실성, 공부 수준, 운동 능력, 선행 지수, 청결도 등 한 인간의 오만가지 잡다한 통계치가 전 인류 상위 몇 퍼센트 안에 드는지 통계가 나온다. 그중에 담력이 측정 불가라고 나왔기 때문이다.

"야 여기 '담력 : 측정불가'라고 뜬 거 뭐냐?"

염라대왕이 저승사자에게 물었다.

"진짜요? 그게 가능한가. 어떻게 된 건지 알아보겠습니다."

사태 파악을 위해 가장 경력이 많은 선임 저승사자를 찾아간 사이, 염라대왕은 책에 비치는 한씨의 인생 하이라이트 장면과 통계치를 보며 혀를 찼다. 모험 지수가 0 으로 나와서다.

"이야. 대단하네. 어떻게 삶의 변동 하나가 없어. 라면도 안 먹고 과자도 안 먹고 술도 안 먹고 몸에 나쁘고 위험한 건 뭐 하나 해본 게 없어. 이건 또 뭐야 겨울에 정전기도 무서워서 쇠만 보면 도망갔다고 나오네. 친구가 자네가 하는 일을 해 보고 싶다면서 돈다발을 짊어지고 왔는데 도전 금지와 현실 안주를 외치면서 제안을 거부했다고 나오는데 욕심이 없는 거 야 아니면 게으른 거야."

"일 벌리는 걸 싫어해서요.. 일 벌리면 사람도 많이 만나야되고."

"진짜 그림자처럼 살아오셨구먼. 뭐 이렇게 심심하게 살아 오셨나 그래."

"제가 좀 쫄보입니다.."

"야. 이 분 쫄보 몇 등급이냐?"

이때 구름을 탄 선임 저승사자가 검은 관복에 망토를 휘날리며 팔짱을 끼고 슈퍼히어로처럼 하늘에서 수직으로 내려왔다. 과 거 패션리더였던 한씨가 보기에 망토 붙은 한복은 염라대왕의 히피 패션보다 더 망작으로 보였다. 저승사자가 가까워지자 관 복 흉부에 이상한 그림이 보였다. 뽀로로와 그의 친구들이 자수로 새겨져 있었다. 기대를 뛰어넘는 저승의 모습에 한씨는 가슴이 뛰었다.

 선임 저승사자는 경력이 1000년이 넘는 저승의 고인물이자 사자들의 리더이며 명부에 적힌 것 외의 수치를 망자의 어깨에 손을 잡고 확인할 수 있는 능력이 있다. 선임 저승사자가 측정하는 수치는 제일 높은 1등급에서 제일 낮은 10등급으로 나누어진다. 선임 저승사자가 한씨의 어깨에 손을 잡고 쫄보 수치를 확인하다가 깜짝 놀라 염라대왕에게 소리친다.

 "등급 외로 나옵니다!!"

 "뭔 소리야?"

 "등급을 뛰어넘는 쫄보입니다."

너무 놀라 큰 소리로 외치다 보니 좌우 심판 대기 망자들이 그 소리를 듣고 매우 큰 소리로 웃었다. 저승에서 웃음소리가 나다니 3천 년 만의 일이었다.

 "죄짓는 거 아니면 좀 재미있게 살아보슈. 진짜 평범하게 사네. 내가 이승에 살았으면 말이지 사이판 가서 오토바이 탄체 패러글라이딩도 해보고 아이슬란드 가서 팥빙수 먹으면서 얼음 수영도 해보고."

이때 선임 저승사자가 염라대왕의 말 중간에 끼어들어 그의 귀에 대고 귓속말을 하였다.

 "대왕님. 저번에 어떤 여학생한테 설교질 하셨다간 꼰대 소리 듣지 않으셨습니까."

염라대왕은 그때를 떠올리며 이마에 번데기 주름을 잡고 머리를 긁어대었다.

"맞다. 그 애 때문에 하여간 지금도 고생이라니까. 요즘 사람들은 정말 귀찮아. 충고 좀 할 수 있는 거지 그걸 가지고 꼬투리를 잡고 말이야."

"그것도 꼰대 소리입니다."

선임 저승사자는 직언을 서슴지 않았다.

"아.. 맞다. 암튼 나름 착하게 살아오셨구려. 적어도 지옥 갈 일은 없으니 걱정 마. 자 이제 가봐."

염라대왕이 떨떠름한 표정으로 심판을 마치고 가보라는 손짓을 하는데도 한씨는 제자리에서 물러났다가 다시 뒤돌아서기를 반복했다.

"저.. 궁금한 게 있는데.."

"허허. 쫄보 선생이 질문이라는 걸 다하네. 뭔데?"

염라대왕은 어차피 무한대로 분신할 수 있어서 시간이 남아도는 자였다. 자신의 의관을 가다듬고 한씨를 내려 보면서 막간을 이용해 흥미를 보였다.

"지옥의 모습이 궁금해서 직접 보고 싶어요. 정말 막 혓바닥을 늘리고 몸을 밀대로 밀어버리고 사람을 죽지도 못하게 태우는지."

염라대왕은 한씨의 부탁을 듣고 눈알을 위로 돌리며 무언가를 한참 떠올리다가 몸을 앞으로 기울이며 턱을 괴었다.

"자네는 쫄보면서 지옥 구경은 하고 싶어?"

"저승이 없다고 생각했는데 실존하는 걸 눈으로 확인하니 과연 지옥의 모습이 듣던 것과 같은 지 너무 궁금합니다.. 저승에 와서 다시 살아나는 기회가 흔치 않잖아요. 죽을 염려도 없고 혹시 충격 받아도 내려가면 잊을 테고."

"허허. 희한한 성격이네. 우리 실수로 왔지만 망자한테 지옥 구경을 시켜주고 이승으로 내려 보낸 전력이 없어서 힘들 것 같아. 미안하지만 안 되는 건 안 되는 거야."

염라대왕은 한씨에게 모험도 좀 해보라고 권한 마당에 그의 부탁을 들어주고 싶었지만, 판사는 기본적으로 전례를 중요시하는 데다가 이전에 전례를 무시했다가 엄청 고생한 경험 때문에 한씨의 부탁을 들어주고 싶지 않았다.

"알겠습니다. 가보겠습니다.."

한씨가 기운 빠진 모습으로 뒤돌아서 자 그의 트레이닝복 엉덩이에 이승에서부터 따라온 밥풀떼기 하나가 하얀 껌처럼 퍼져달라 붙어있는 게 보였다. 그 모습을 보고 염라대왕과 선임 저승사자는 똑같은 탄식을 내뱉으며 손으로 얼굴을 쓸어내렸다. 양심센서가 발동했다.

"야. 저거 그냥 내려 보내면 내가 미안해서 잠을 못 잘 것 같다. 뭐 방법 없냐?"

염라대왕이 같이 탄식하는 선임 저승사자에게 물었다.

"안 들어주시는 게 낫지 않을까요. 이전에도 생고생하셨으면서."

"지옥 구경하다 도망가면 그대로 지옥행인데 어디를 가겠어. 좀 봐줘라."

선임 저승사자는 말대답을 하기 위해 금붕어처럼 입을 뻐끔 거렸다가 마음을 금세 접었다. 새로 취임한 염라대왕의 성격을 알기 때문이다.

"제가 오늘 지옥 시찰 나가는 날이니 한 바퀴 둘러보게 해주고 얌전히 내려보내겠습니다."

염라대왕은 고개를 끄덕이며 따봉 엄지를 했다.

"잠깐 서봐. 우리 죄도 털어야 하니 지옥 여행 한 번 시켜줄게. 대신 지옥에 들어가진 않고 위에서 구경만 하는 거야. 보고 나서 이승에 돌아가면 기억은 다 잃어버리겠지만 지옥이 실존한다는 이미지는 잔상처럼 남아있을 테니 더 착하게 사는 데도 도움도 될 거야. 뭐 암튼 그리 알아."

"감사합니다. 감사합니다. 대왕님은 이승에서 들은 것과 다르게 정말 성군이시군요."

한씨가 이모티콘 같은 해맑은 표정으로 말했다. 이 말을 들은 염라대왕의 기분은 햇살처럼 환해졌다. 저승에는 아무래도 나쁜 짓을 한 사람 비율이 높다 보니 염라대왕은 강한 벌을 내릴 때가 많다. 그런 판결을 받은 사람들은 처음에는 강아지처럼 빌며 살려달라고 애걸복걸하다가 그래도 판결이 안 바뀌면 3대를 저주하는 아주 심한 욕을 퍼부으며 끌려가고는 한다. 염라대왕은 남들에게 욕먹는 것에 익숙했는데 선행을 베풀고 '성군'이라는 칭찬까지 받자 정말 오랜만에 자신의 직업에 대해 보람을 느꼈다. 말만 '대왕'이지 법관 역할만 해왔지 않던가. 하지만 그 만족감이 큰 화를 일으켰다.

"후하하. 아주 사람 됨됨이가 훌륭하구먼. 내 진면목을 알아본 사람은 자네가 처음인 것 같아. 또 부탁하고 싶은 거나 궁금한 거 있으면 뭐든지 말해. 내가 딴 사람은 몰라도 자네가 저승에 있는 동안에는 잘 보살펴줄게."

"진짜요!?"

염라대왕 주위에 서있던 선임 저승사자와 다섯 명의 저승사자 입술이 놀부처럼 올라가며 염라대왕의 옆구리를 다 같이 엄지손가락으로 쿡 찔렀다. 염라대왕의 몸이 뿅망치 맞은 두더지처럼 솟았다가 내려앉으며 제정신이 돌아왔다.

"으.. 어.. 응.. 그래 부탁은 좀 생각해 봐야 하지만 질문 정도는 해도 괜찮아."

"저 올라오고 나서 계속 궁금했던 건데, 저승 세계는 누가 어떻게 만든 건가요? 여기 보면 의자도 있고 옷도 입고 있고 문도 있는데 이걸 만드는 자가 있다는 건 시장이 있고 물물 거래가 있다는 거잖아요? 저승도 산업 시스템이 있나요? 그렇다면 물물거래는 돈으로 하나요? 자원 채취는 어디서 하나요?"

"그게 말이지.. 있잖아. 음.."

저승사자들은 심각한 표정으로 저희들끼리 웅성거리기 시작했다. 그들은 한 번도 그런 것에 의문을 품어본 적이 없었다. 염라대왕은 눈을 감은 채 계속 머리를 돌리며 안 나오는 답을 생각해 내기 위해 말을 계속 늘렸다. 염라대왕은 저승의 모든 것을 알지만 어떻게 만들어졌는지는 본인도 너무 오래되어 기억하지 못했다. 마치 인간이 태어나서 아기 때 본 것을 기억하지 못하는 것과 같았다. 염라대왕은 고개 돌리기를 멈추고 귀에다가 손가락을 갔다 댄 체 누군가와 대화를 시도했다.

"안녕하세요. 상제님. 저 질문이.. 어러쿵.. 저러쿵.. 네? 네.. 알겠습니다. 그랬군요. 이런 쓸데없는 거 질문하는 사람 누구냐고요? 그게 자세한 건 이따가 설명하겠습니다. 네네. 고생하세요."

염라대왕은 옥황상제의 설명을 다 듣고 안도의 한숨을 크게 내쉬며 한씨를 바라보았다.

"자. 내가 아주 길게 설명할 테니 잘 들어."

"네."

"인간이 생각이라는 걸 하면 그것도 무게가 있어서 파동을 일으키지. 파동이 일면서 먼지보다 더 희미한 입자가 만들어져. 여기선 그걸 '생각입자'라고 해. 태생적으로 죽는 게 무서운 인간들이 무리 지어 살면서 저승은 이렇다 저렇다 막 설왕설래하고 저승의 모습을 상상해 볼 거 아냐. 처음엔 사람마다 생각이 다 달라서, 정신없게 이 모습 저 모습이었는데 저승에 대한 모습이 시간이 지나고 어느 정도 일치가 되니까, 수많은 사람의 공통된 생각입자가 뭉쳐지면서 두리뭉실하게 저승이 만들어졌지. 그러다가 시간이 한참 지나면서 더 구체화되고 사람들 사이에 비슷한 모습으로 묘사되면서 두리뭉실했던 저승이 지금의 모습으로 완성된 거야. 이해됐음?"

"태초에 에너지가 물질로 변환돼서 우리가 사는 세계가 만들어졌다는 이야기를 읽어본 적이 있는데 그거 비슷한 건가요?"

"그래그래. 어디서 주워 본 게 있구면."

"많은 사람이 비슷하게 저승 모습을 상상하다가 생각입자가 쌓여서 저승이 만들어졌다는 것까지는 이해했는데 왜 동양이랑 서양이랑 저승 모습이 달라요? 여기만 해도 대부분 동아시아 사람만 있고."

"그거야.. 문화권마다 사후 세계관이 다르니까.. 만들어진 저승 모습이 달라서 그런 거겠지?"

염라대왕의 말에는 뭔가 자신감이 결여되어 있었다. 어감이 '대충 그런 거 아닐까?'하는 투였다.

"예를 들어 서양 사람들은 죽자마자 지옥 갈 사람, 천당 갈 사람 바로 판명이 나서, 나쁜 놈은 악마가 끌고 가고 착한 사람은 천사가 데리고 가고 그런 게 그들 문화권에서는 공통된 생각이었을 테니 우리랑 저승 모습이 완전히 다르단 거죠."

"그치!! 그치!!"

"그럼 여기 있는 물건들이나 시설들은 그냥 인간들의 생각입자를 통해 뿅뿅 나타나는 거겠네요. 어디서 캐오고 만드는게 아니라."

"그치!! 그치!!"

"저승의 모습이 문화권마다 다르다는 건, 저승도 어느 정도 사람의 개별성을 인정한다는 건데 저처럼 저승을 전혀 안 믿는 사람까지 왜 저승으로 다 끌고 오는 건가요? 요즘엔 그런 거

안 믿는 사람도 많은데."

이 질문에 염라대왕과 저승사자들은 커닝을 시도하는 수험생처럼 곁눈질하며 서로가 답해주기를 바랐다. 생각해보니 맞는 말인데 자기들 밥줄을 부정할 수는 없었다. 이때 선임 저승사자가 대신 나섰다.

"듣고 보니 한씨님 말이 맞는 말이네요. 그래도 죽으면 어디 가긴 가야 하니 일단 여기 보내진 거고 저승도 시대에 맞추어서 조금씩 발전하고 있으니, 나중에는 무신론자나 무저승론자들 만의 공간이 만들어질 겁니다."

"그렇군요!"

염라대왕과 저승사자는 한씨가 수긍하는 모습을 보고 안도하면서도 속으로는 저 진상 자식을 빨리 내려보내야겠다는 생각뿐이었다. 남들의 이런 생각을 알 리 없는 한씨는 추가로 불속에 휘발유 통을 던져버렸다.

"저.. 저승도 조금씩 발전한다고 하셔서 둘러보니 복장은 개량한복 입은 히피에 신발은 옥스퍼드 구두 신고 계시고 이래저래 현대랑 과거랑 짬뽕된 세상 같아요. 처음 오셨을 때는 무슨 복장으로 계셨나요? 그때는 고대인들이 저승에 왔을 거 아니에요."

염라대왕은 한씨의 이어지는 질문질에 아주아주 부글부글 끓어올랐다. 하마터면 이승인들에게 배운 최신 욕설을 퍼부을 뻔했다.

"저 자식 쫄보라면서 왜 이렇게 질문이 많아? 쫄보면 주둥이 입 열 용기도 없어야지."

염라대왕이 같이 열받아 있는 선임 저승사자에게 귓속말로 물었다.

"확인해 보니 쫄보력이 최고치이면서도 호기심 역시 만만치 않은 1등급이었습니다. 번지 점프나 롤러코스터처럼 목숨이 보장되는 것은 아주 잘 탄다고 나와 있네요."

선임 저승사자가 명부에 나온 한씨의 특징을 손가락으로 집어주며 보여줬다.

"호기심이 많다고 저리 질문이 많아? 쫄보면 내가 무서워서 질문도 못할 거 아냐?"

"호기심 1등급에 눈치가 10등급(최하)인 자입니다. 조금 전에도 보세요. 예의상 한 말 가지고 진짜 질문하는 게 사람이 할 짓입니까."

"쟤 여자 친구 없지?"

"염라대왕님이라면 사귀실 건가요. 저렇게 눈치가 없는데."

그제야 염라대왕은 저자가 사흘 굶은 고양이처럼 기운 없는 표정을 하고서는 부탁도 하고 질문도 쉴 없이 해대는 이유를 이해했다.

"저.. 염라대왕님 제 질문이 귀찮..."

"아 맞다. 자네 질문. 보자 보자. 그러니까.. 내가 대충 2500년 전에 우리 스승님 소개로 여기 왔지. 내 복장이.. 여봐라!! 내가 여기 처음 왔을 때 기념으로 남긴 초상화를 가져와 보거라!!"

"예이!"

어디선가 간드러진 이방 목소리가 들려오고 하늘에서 초상화 한 점이 떨어졌다. 거기에는 나뭇잎으로 만든 팬티를 입고 나무 의자에 다리 한쪽만 올린 체 헬스장 근육맨 포즈를 한 염라대왕의 모습이 그려져 있었다. 염라대왕의 모습은 자신은 헐벗고 남에게는 모든 걸 내어주는 고대 브라만 구도자의 모습인데 주위 사람은 그런 사실을 전혀 몰랐다. 그 초상화를 본 주위 저승사자들은 다 같이 배를 부여잡고 축제라도 벌리는 건지 염라대왕 주위를 뱅뱅 돌며 이성을 상실한 듯 웃었다. 초상화를 보고도 얌전한 건 한씨뿐이었다. 자기도 화장실에서 그런 포즈를 취해본 적이 있기 때문이다.

"야 이 자식들아. 저건 옛날에 윤회를 뜻하는 요가 자세야!"

염라대왕이 뭐라고 소리쳐도 부하들 중에는 그의 말을 귀담아 듣는 이가 없었다.

"지금 웃은 자식들 다 엎드려뻗쳐!! 그리고 너 한씨인지 한스인지 빨리 지옥 가. 아니 지옥 구경하고 네 세상으로 가!!"

잊고 있던 자신의 흑역사를 자기 손으로 들킨 염라대왕은 한씨를 진짜 지옥으로 보내버리고 싶었지만 초상화를 보고도 혼자 포커페이스로 일관하는 그에게 조금은 고마운 마음도 가졌다.

"자. 가시죠. 제 이름은 호군이고 한씨님께 지옥 구경시켜드릴 선임 저승사자입니다"

엎드려뻗쳐 있던 선임 저승사자가 벌을 피하기 위해 얼른 나섰다.

"아무쪼록 잘 부탁드립니다.."

염라대왕은 한씨가 떠난다는 것에 안도하며 벌 받고 있는 저승 사자의 등을 의자 삼아 앉고 손까지 흔들어 보이며 그와 저승 사자 호군이 떠나는 것을 지켜보았다.

#2 지옥의 롤러코스터

한씨와 저승사자가 저승문에서 500보를 벗어나자 곧 짙은 안개가 펼쳐지고 앞을 분간 할 수가 없었다.

"여기가 어디인가요? 어디 계세요?"

"바로 옆에 있습니다. 안심하십시오."

저승사자 호군이 불안해하는 한씨의 팔을 꽉 붙들어 매고 멈추어 세우자 두 사람의 몸이 저절로 움직였다. 안개가 곧 걷히고 두 사람을 태운 것이 보였다. 구름이었다. 구름 아래로는 한씨가 살던 동네의 모습이 나타났다. 반가운 마음에 한씨는 손을 흔들었다. 하지만 그 반가움도 잠시. 곧 동굴 같은 어두운 터널이 나오더니 제철소에서나 들을 법한 쇠가 갈리는 소음이 들려왔다. 소음은 곧 비명으로 바뀌고 어두운 터널을 지나자 믿기지 않는 광경이 펼쳐졌다.

한씨의 머리 위로는 용광로 속에서 팔다리가 녹아내린 인간들이 괴성을 지르는 열옥(熱獄)이 펼쳐지고 발아래로는 절대온도의 냉기 속에 깨진 거울처럼 몸통이 산산조각나고 얼어붙은 인간들이 눈빛으로 살려달라는 신호를 보내고 있었다. 왼쪽으로는 쇠꼬챙이에 찔린 체 개미에게 뒤덮여 산 채로 뜯기고 개미의 배설물이 되는 인간들과 오른쪽으로는 천일을 굶어 서로의 신체를 해하려 하는 죽은 자들의 전쟁이 펼쳐졌다. 모두 사지가 거꾸로 처박히고 형체를 알아볼 수 없지만, 그것들은 분명 인간이었다.

곧 한씨의 머리에서는 열옥에서 녹아내리는 인간들의 살점처럼 땀이 흘러내리고 발은 질소마저 얼리는 냉옥의 냉기에 담근 것처럼 차가워졌다. 한씨와 완전히 다른 곳에 있지만 인간 군상들이 똑같이 바라보는 한 가지가 있었다. 이제 막 당도한 망자 아닌 망자 한씨였다. 불타오르고 찢기고 얼음 속에 멈추어 버린 육체 속에서도 너도 우리처럼 될 것이라는 듯한 표정을 짓고 있었다.

"으악!! 끄악!! 흐아악!!!!"

"아휴! 깜짝이야! 좀 조용히 해주세요. 귀가 아픕니다."

한씨는 눈앞에 펼쳐진 지옥의 모습에 DMZ를 여행하는 고라니처럼 괴성을 질러 되었다. 지옥의 망자가 내지르는 괴성보다도 소리가 더 커서 그 한 방에 호군의 귀에 청력 마비가 왔다.

"저것 봐요. 세상에나. 사람 몸을 묶어서 끓는 물에 집어넣고 입에 물린 깔때기로는 쇳물을 붓고 있어요. 쇳물이 똥꼬로 다 나오네."

"규환지옥(叫喚地獄)입니다. 그리고 입에 붓는 건 쇳물이 아니라 수은이죠. 저기는 살생, 도둑질, 음행을 저지른 자가 가는 곳으로 100만 년 동안 저 고통을 당하게.."

"끄아아아악!!! 사람을 꼬챙이에 꽂고 선 바베큐처럼 굽고 있어요."

선임 저승사자의 말이 끝나기도 전에 한씨는 머리를 쥐어뜯으며 타조알 삼키는 아나콘다처럼 턱을 뺀 체 고함을 질렀다. 표정만 보았을 때는 그도 지옥에서 일하는 사람 같았다.

"저건 초열지옥(焦熱地獄,)이라고 망언, 음주폭력을 행한 사람이 가는 곳으로 죄의 상중하에 따라 혓바닥에 쇠꼬챙이를 박거나.."

"으아아악!!! 사람이 상어이빨 달린 개구리에게 씹힌다!!!"

"좀 조용히 해! 이럴 거면 집에 가!!"

천년 넘게 수많은 망자들을 상대하면서 인내심이 강해진 선임 저승사자조차 한씨의 호들갑에는 순간 이성을 잃어버렸다. 한씨의 멱살을 잡으려고 하는데 그가 그만 기절하고 만다.

'겁쟁이 주제에 호기심은 많아가지고 왜 지옥 구경을 하고 싶다고 해.'

호군이 한씨를 질질 끌고 나와 지옥이 보이지 않는 공터로 옮긴 후 얼마간의 시간이 흐르자, 그가 해롱거리며 깨어났다.

"아까 너무 소리 지르셔서 목 나가시겠던데 괜찮으신가요."

호군은 목이 쉰 한씨에게 대나무 통에 담은 물을 건네며 말을 걸었다. 안 씻고 죽은 한씨의 얼굴에서 식은땀이 비 오듯 흘러내려서 대나무 통에 구정물이 들어가는 대도 한씨는 벌컥벌컥

마셨다.

"저들이 이승에서 엄청난 죄를 지은 건 알겠는데 100만년 동안이나 저렇게 살아야 한다니 너무 불쌍해요."

"아까 본 사람들은 현대 사람은 아니고 현대 이전의 사람들입니다. 옛날 사람들은 불교와 도교에서 묘사한 지옥 모습을 고스란히 믿었으니까요."

"옛날 사람들만 아까 그 끔찍한 곳에 있다는 건, 현대인은 현대인이 생각하는 지옥에 따로 수용되어 있다는 건가요?"

"그렇죠. 지옥은 각 시대에 따라 사람들의 생각입자가 모여서 만들어진 것이니까요."

"옛날 지옥이 책이나 영화에서 본 것과 너무 똑같아서 더 안 봐도 될 것 같아요. 현대인이 가는 지옥으로 안내해 주시겠어요."

'포기를 모르시네. 그냥 이승 가지.'

'온 김에 다 보고 글 쓸 때 떠올리고 싶다.'

호군이 다 들리게 투덜대자 한씨는 안 들리게 불가능한 소원을 빌었다. 호군은 염라대왕을 더 만류하지 못해 후회되었지만, 이미 떨어진 명이라 현대인이 가는 지옥으로 한씨를 안내했다. 라스베이거스 가는 15번 길 도로처럼 생긴 아스팔트 위를 한참을 걷다가 비바람이 한 번 몰아치자 시야가 흐려졌다. 바람이 멈추어 다시 두 눈을 떴을 때 한씨의 눈앞에 번쩍이는 건물이 보였다.

"우아! 이 빌딩은 뭐래요. 꼭대기가 안 보이네. 두바이 빌딩인가요?"

"아뇨. 저게 지옥입니다. 현대인은 지옥도 빌딩 형태를 생각하더군요."

"이 빌딩도.. 건물주가 있겠죠?"

"쓸데없는 말 하지 마시고 저랑 엘리베이터나 타시죠."

저승사자는 한씨의 유도탄 같은 질문에 홀리면 안 된다는 것을 알고 말을 끊었다.

두 사람이 엘리베이터를 타자 작은 토네이도가 지나가고 그 자리에 크기는 간이 화장실 만하고 위는 기와지붕으로 된 엘리베이터가 나타났다. 저승사자의 안내에 따라 엘리베이터를 타고 4층을 누르자 은하수를 건너는 것처럼 별들이 옆을 지나가고 해와 달이 수없이 교차하며 눈을 어지럽혔다. 아름다운 밤하늘과 달리 여기저기서 고함과 비명소리가 돌비 사운드로 들려오더니 태양과 지구 사이의 거리만큼이나 끝을 알 수 없는 길이의 구불구불한 파이프가 수만 갈래로 뻗어 나가 있고 그 시작점에는 수많은 사람들이 뒤엉켜 도망가다가 악귀들에게 머리채를 잡힌 채 끌려가고 있었다.

"안 보시는 게 좋을 겁니다."

한씨가 끌려가는 사람들을 너무 유심히 쳐다보자 저승사자 호군이 한씨의 앞을 가로막고 말했다. 호기심을 못 참은 한씨가 호군의 어깨너머로 고개를 내밀어 그들의 마지막 광경을 목격했다. 그들은 사람 한 명이 겨우 통과할 수 있는 파이프 안으로 구겨 넣어져 구불구불한 파이프 안으로 떨어졌다. 파이프 안은 불에 달구어질 대로 달구어져 말 그대로 지옥의 한증막이었다. 괴물의 창자에 들어간 것처럼 사람의 형상은 점점 녹아내리고 그들이 내뿜는 진물이 파이프 밖으로 무너진 댐처럼 흘러내렸다. 사람들은 녹아내린 몸을 이끌고 무한대의 길이에 가까운 파이프 안을 기어서 이동했다. 그 모습에 공포에 질린 한씨는 무릎을 꿇고 귀를 막은 체 동요를 불렀다. 아홉수의 동요를 부르자 주위가 조용해짐을 느꼈다. 그리고 '띵'하는 소리와 함께 엘리베이터가 멈추어 섰다.

"4000층 사기 지옥에 오신 것을 환영합니다."

엘리베이터 음성 안내와 함께 문이 열렸다. 엘리베이터 문이 열리자 새파랗고 청량한 캐나다 하늘 날씨에 각종 나무가 줄지어 서있었다. 그 사이를 사람들이 스파이 놀이하는 것처럼 나타났다 사라지며 요리조리 뛰어다니는 것이 보였다. 사람들의 우스꽝스러운 모습에 한씨의 공포가 누그러들었다.

"여기가 왜 지옥인가요? 그냥 봤을 때는 극락인데?"

"자세히 보시면 뭔가 이상하지 않나요?"

"나무에 뭔가 좁쌀 같은데 달려있고 사람이 그걸 열심히 훑어서 바구니에 담네요."

"사실 저건 사과나무입니다."

"사과나무 열매가 왜 좁쌀만 하죠. 나무를 소인국에서 빌려왔나."

"여긴 사기꾼들이 모여 있는 사기 지옥입니다. 이승에서 열심히 살지 않고 남들 등 처먹기만 한 인간들이 여기 모여 굶지 않기 위해 저 좁쌀만 한 열매를 하루 종일 미친 듯이 따야 하는 곳이죠."

"저기 저 사람은 남이 딴 열매가 담긴 바구니를 훔치는데요?"

"끼리끼리 모였으니까 서로 등 처먹는 거죠. 여기 사람들은 잠깐 열심히 일하다가 조금만 힘들면 남의 열매 훔치는 걸 반복합니다. 현대인들은 저렇게 같은 부류를 장기간 격리 시켜놓고 저희들끼리 살게 하는 게 지옥의 벌이라 생각하는 것 같습니다."

"다 괜찮은데 사과 열매, 포도 열매처럼 맛있는 걸 주는 건 문제네요. 맛없는 걸 주었어야죠."

"무엇으로요?"

"옻나무나 취두부, 두리안이요."

"!!"

저승사자는 엄청난 악취가 나는 취두부, 두리안은 몰라도 옻나무를 생각한 한씨가 남 괴롭히는데 창의적이라는 생각이 들었다.

"여기는 다 둘러봤으니 다른 곳으로 가시죠. 아주 색다른 곳으로 안내하겠습니다."

엘리베이터 버튼 가운데에 '찢어진 옷을 부여잡고 뛰는 인간의 모습'이 그려진 버튼이 있었다. 저승사자가 그 버튼을 누르자 태풍 부는 날씨, 서리 내리는 날씨, 눈보라 날리는 날씨, 사막처럼 더운 날씨 등 12번의 날씨를 뚫고 끝없이 올라갔다. 날씨가 바뀌는 곳마다 여러 가지 언어로 '환생 딱 한 명'이라고 적힌 팻말이 있는 문이 있었고 그곳을 향해 수백만 명이 한꺼번에 달려 나가면서 사람이 서로의 다리를 걸고 돌로 머리를 내려치는 장면이 펼쳐졌다. 저승 시간으로 30년을 달려 환생 문에 들어가는 자는 아주 잠시 환희에 빠져들었다가 30년 전 처음 달리기를 시작했던 자리로 되돌아오고 절망에 빠져 돌이 되어 굳어버렸다. 돌이 되어 굳어버린 자들의 등 뒤에는 살아생전에 했던 죄업들이 자리가 부족할 정도로 빼곡하게 적혀있었다. 한씨가 부엉이 눈을 하고 오들오들 떨며 이 광경을 지켜보다가 갑자기 엘리베이터가 띵 소리와 함께 멈추어 섰다.

"44층 조겁 지옥에 오신 것을 환영합니다"

엘리베이터 문이 열리자 푸르른 잔디 벌판 위에, 커다란 아카시아 나무가 듬성듬성 심어져있고, 그 사이에 아크릴로 된 투명한 1층 집들이 여기 서기 흩어져 있었다. 한씨는 떠다니는 엘리베이터를 타고 이곳저곳을 살펴보다가 집 말고도 정말 특이한 점을 발견했다. 이 조겁 지옥에는 전부 남자들만 있었고, 많은 사람이 바퀴벌레처럼 바닥을 기어서 재빠르게 다른 나무로 이동해서는 고개를 빼꼼 내밀고 곁눈질로 무언가를 살피고 다시 다른 나무로 이동했다. 또한 많은 사람이 바닥의 잔디를 뜯는데 등을 바닥에 대고 배를 위로 향한 브릿지 자세로 주위를 계속 살피면서 뜯었다. 마치 염소가 호숫가에서 물을 마시면서도 포식자를 경계하기 위해 눈으로 바닥을 보지 않고 정면

을 바라보는 것과 같았다. 잔디밭 곳곳에는 아주 흥건한 핏자
국이 보였다. 모두 어찌 된 영문인지 입고 있는 바지에는 구멍
이 숭숭 나서 그물에 가까웠다.

"와. 여긴 집들이 희한하네요. 근데 왜 다들 저렇게 벌레처럼
기어 다니고 눈치를 보는 거죠?"

"여기는 폭력과 겁탈이 난무하는 조겁 지옥입니다. 지금 저들
은 욕정을 못 참고 서로를 덮치려고 눈치를 보는 동시에 당하
지 않으려고 눈치를 보고 있죠. 여긴 다른 곳과 다르게 남녀
가 구분되어 있습니다. 신체능력이 서로 다르니까요."

"근데 서로 욕정이 있다면 눈치 볼 필요 없지 않은가요? 그
냥.. 짝짝꿍하면.."

"여기 인간 절반은 이승에서 조직 폭력배고 나머지 절반은 치
한, 성범죄자와 같은 욕정꾼들입니다. 주로 폭력배들은 순결을
지키기 위해 숨어 다니고 욕정꾼들은 덮치려고 숨어 다니죠."

"조폭은 싸움을 잘하니까 욕정꾼들을 두들겨 패서 제압할 수
있지 않나요?"

"저 바닥에 보이는 잔디는 전부 음기와 욕정을 북돋아 주는
샤타바리, 벌사성자 같은 허브이거나 인삼입니다. 여긴 먹을게
저것뿐이라 욕정꾼들을 아무리 두들겨 패도 그때뿐이고 결국
은 욕정을 참지 못하고 다시 덮치니 조폭들이 잠을 못 자고
불안에 떱니다.

"욕정꾼들은요?"

"욕정꾼들은 온몸의 뼈와 내장이 부러지고 터질 정도로 매일

맞고서는 이제는 그만 덮쳐야지 매일 맹세합니다."

"그럼 조폭을 덮칠 일 없지 않나요?"

"아니죠. 아까 말씀드렸듯이 유일한 음식이 전부 욕정을 북돋아주는 것뿐이라 같은 행위를 반복하며 괴로워하죠."

"자신의 욕망을 위해 남을 무자비하게 짓밟고 남들을 불안에 떨게 한 자들을 여기 모아놓은 거군요!"

한씨는 자신의 주먹으로 다른 손바닥을 내리치며 감탄했다.

"맞습니다. 여기 집들이 전부 투명한 것도 안이 보이게 해서 언제나 불안 속에 살게 하기 위해서입니다."

한씨는 저승사자의 설명을 듣고 나니 저들의 바지에 왜 구멍이 숭숭 난 지 알 것 같았다. 하지만 찢어진 바지 사이로 저들끼리 무슨 일을 벌였는지는 상상하고는 싶지 않았다. 눈치 없는 한씨 조차 브릿지 자세로 허브를 따는 자는 덮침을 당하지 않기 위해 등을 보이지 않는 조폭일 것이라는 것을 알아챘다.

"저 궁금한 게 있는데.."

한씨가 입을 뻥긋한 것뿐인데 호군의 입술이 바짝 마르며 한씨의 유도탄 같은 질문에 대비하라는 신호를 보냈다.

"저들도 충분히 벌을 받으면 환생하나요? 환생하면 지옥에서의 기억은 당연히 없는 거죠."

"죄의 중량에 따라 100년에서 100만 년 정도 벌을 주다가 환생시키되 기억은 지워버리죠. 기억하면 안 되니까."

한씨는 저승사자의 답을 듣고서는 잠시 로댕의 생각하는 사람이 되었다.

"지옥이 있는 이유는 이승에서 죄지은 자를 벌주기 위해서죠."

"그렇죠."

"벌을 주는 것은 반성하게 하기 위해서고요."

"그렇지요."

"반성을 시키는 이유는 같은 죄를 반복하지 않게 하기 위해서
고요."

"소크라테스도 아니고 당연한 걸 왜 물으시나요."

"같은 죄를 반복하지 않게 하려면 저승에서 반성한 것을 기억
하게 해주어야지 왜 기억을 지우나요? 기억을 못 하면 이승에
서 다시 태어나도 같은 죄를 저지르지 않나요."

저승사자는 '흐억'소리를 내며 양손으로 얼굴을 쥐어짜고 먹이
를 휘감는 뱀처럼 회전했다. 조직에 충성한지 어언 900년. 오
늘처럼 직장의 정체성을 고민해 본 적은 없었다.

"제가 또 쓸데없는 질문을 했군요.."

"아닙니다.. 전 괜찮으니 더 질문하시죠. 더 듣고 제가 답할
수 없는 것이라면 옥황상제께라도 고해바치겠습니다."

관료 사회의 좋은 점은 자기 권한 밖의 것은 상급자에게 떠넘
길 수 있다는 것이다.

"정말 괜찮나요?"

"네 정말 괜찮습니다. 빨리 물어보시지요."

저승사자는 다시 용모를 단정히 하고 첫사랑을 맞이하는 순정
남처럼 웃어 보였다.

"이승 사람들은 저승이 진짜 있다는 걸 확신하지 못하는데, 알

려주지도 않고서는 죽고 나서 '너 왜 그런 짓 했어' 하면서 마구 두들겨 패는 건 좀 이상한 거 같아요. 저승이 있다는 걸 모든 사람이 안다면 죄를 짓지 않을 텐데 왜 저승이 있다는 걸 숨기는 거죠?"

저승사자는 펭귄처럼 팔을 휘저으며 뒷걸음질 치더니 몸을 돌려 엘리베이터 구석에 머리를 박았다. 그리고서는 괴성을 지르며 엘리베이터에 머리를 박았다. 이성의 끈이 풀린 것이다.

"왜 몰랐을까! 진짜 왜 그런 거지! 이런 것도 모르고 난 죽어야해!!"

저승사자는 박치기에 엘리베이터 벽은 붉은 칠판이 되었고 칠판은 다시 저승사자의 얼굴 모양으로 휘어졌다. 이미 죽은 몸이라 아무리 박아도 죽지 않아 너무 답답했다. 저승사자 호군에게 있어 한씨의 질문은 부모가 자식에게 '사실 네 아빠 옆집 아저씨야' 하고 말하는 것처럼 정체성 자체를 뒤흔드는 말로 다가왔다.

"그만하거라! 그만하거..그만 하..그만.."

어디선가 천상을 뒤흔드는 우렁찬 메아리 소리가 에코처럼 들려왔다. 저승사자는 피범벅 된 얼굴을 망토로 닦아내고 납작해진 얼굴을 바로 고친 후 엘리베이터 밖으로 고개를 내밀었다. 하늘에서 구름이 좌우로 퍼지며 커다란 얼굴이 나타났다. 얼굴 주위로는 천상의 수호 장군들이 구름을 타고 맴돌았다. 그 얼굴을 보자 지옥의 현대인들이 너도나도 환생시켜달라고 하늘 높이 소리쳤다.

"저승사자 호군은 한싀라는 자를 내게 데리고 오거라. 이랑진
군이 마중 나갈 것이다."

이랑진군은 옥황상제의 특급 보디가드다.

"네 상제폐하!!"

선임 저승사자는 옥황상제의 부름과 함께 늠름한 모습을 되찾
고 이성이 돌아왔다. 옥황상제의 얼굴이 구름 속으로 사라지자
지옥의 현대인들은 엉엉 울었다.

"죄송합니다. 제가 순간 이성을 잃었군요."

"아뇨.. 제 질문이 그렇게 충격이었다면 제가 죄송합니다."

"옥황상제께서 한씨님을 흥미롭게 지켜보신 것 같습니다. 저와
같이 상제님을 뵈러 가시죠. 부디 건투를 빌겠습니다."

"건투요?"

건투라는 말은 큰 고난이 닥쳤음에도 의지를 굽히지 않고 씩씩
하게 싸워나감을 뜻하는 것이다. 건투라는 말과 함께 옥황상제
가 부르면 싫다고 한 번쯤 말할법한데 근본이 수동적인 그는
그저 시키는 대로 옥황상제를 만나기 위해 위험한 길을 나섰
다.

#3 저승 털만두

"자네 상소문 흥미롭게 읽었네."
"어떠셨는지요."

한씨가 막 지옥 투어를 떠났을 때쯤 염라대왕은 옥황상제에게
한씨와 관련된 보고서 하나를 올렸다. 옥황상제에게 올라가는
보고서는 그 중요도에 따라 아주 중요한 것은 일평(一評), 그
밑을 이평, 중요도가 낮아 신하들이 읽고 구두보고만 하는 것
을 삼평으로 친다. 한씨가 막 지옥 투어를 떠났을 때 올린 보
고서는 '일평'보다도 높은 특평(特評)으로 이것은 모든 보고서
들을 물리치고 당장 읽어봐야 하는 상소문에만 붙이는 이름이
다.
"정말 재미있게 읽었네. 어렸을 때 읽은 삼국지 이후에 가장
집중해서 읽은 것 같아."
옥황상제는 한씨 때문에 염라대왕이 처음 저승에 왔을 때 모습
이 들통났다는 내용을 읽고 또 읽다가 다음 편은 없는지 상소
문 뒷면까지 살폈다.
"그런데 무슨 의도로 지옥 구경을 허락했나?"

"그게.."

"말해도 돼. 괜찮아."

"열받는데 패버리고 그냥 나도 지옥 가버릴까 하다가.."

"잘 참았네.."

"이자야말로 저승 개혁의 적임자 아닐까 하는 생각이 들었습니다."

염라대왕의 말에 옥황상제의 얼굴에서 장난기가 사라졌다.

"원래는 지옥 구경 부탁했을 때도 보통의 비위로는 보는 게 불가능한 '무간지옥' 하나만 보여주고 보내 버리려고 했습니다."

"그런데도 여러 지옥을 보여준 건, 이 눈치 없고 겁은 많은데 호기심은 많다고 나온 그 이름 모냐.. 한쇠?"

"한씨요."

"그래. 한시라는 자가 적임자로 보였다는 거지?"

"옥황상제께서 40년 전에 '과연 저승은 지금 잘 돌아가고 있는 것이 맞나?' 이렇게 말씀하셨던 것 같은데 제 기억이 맞는지 모르겠습니다."

"나보다 훨씬 나이도 많은데도 기억력이 참 좋군. 역시 젊어서 죽은 사람이라 달라."

저승은 많은 인력을 통해 돌아간다. 그 인력들이 스스로 은퇴 요청을 해서 환생하거나 극락에 가지 않는 이상, 그들은 무한대에 가깝게 저승에서 일할 수 있다. 그러다 보니 이승은 너무나 빨리 변하는데 반해서 저승의 일꾼들은 너무 옛날 사람이 돼서 이승 사람들의 바뀐 생각을 따라잡지 못했다. 100년 전만 해도 불효에 속해서 지옥으로 보냈던 미혼자들이 최근 저승에서 심판받을 때 무죄를 외치며 난동을 부리는 일이 자주 있었다. 문제는 개혁의 필요성을 옥황상제만 느낀다는 것이었다. 상제가 신하들에게는 저승의 고칠 점을 아무리 물어도 개혁의 필요성뿐만 아니라 저승에 대한 의문조차 가지지를 않았다. 저승에서는 옥황상제 이하 모든 관료 신하가 죽은 자들을 다루는 '절대자'였기 때문에 질문받거나 견제 받을 일이 없어 물 흐르는 대로 지내면 되기 때문이다. 변화를 반대하는 세력들이 똘똘 뭉쳐 질문 자체를 멈춘 저승에 '질문쟁이 이단아'가 나타난 것이다.

"옥천대제께 이승의 인간 한씨가 인사를 드리러 왔사옵니다!"
한씨는 옥황상제의 보디가드 이랑진군에 이끌려 옥황상제 궁전의 출입구에 서있었다. 상제 궁은 꼭대기가 구름에 가려져 반만 보였고 출입구 옆의 큰 비석에는 천례문(川禮門)이라고 써져있었다. 한씨를 맞이하기 위해 팔 척 장신의 토끼와 거북이 모습을 한 근육질 궁지기가 천례문을 열자 집채만 한 크기의 징과 북을 봉황과 용이 하늘을 날며 쿵쿵 두들기고 반겼다. 그 아래로는 향유고래보다 더 큰 황소 두 마리가 대로를 중심으로 양쪽에 서서 한씨를 쳐다보고 있었다. 황소 위에는 천계의 최고 장수 탁탑천왕(托塔天王)과 나타삼태자(哪吒三太子)가 8개의 칼과 8개의 창을 차고앉은 체 눈빛에 횃불을 일렁이고 있었다.

"어서 들어가지 않고 뭐해. 상제님 기다리신다!"

문이 열렸는데도 한씨가 들어가지 않자 그를 데려온 이랑진군은 어서 들어가라고 재촉하였다. 한씨는 CG 느낌이 나는 상제궁의 모습에 강시처럼 손을 앞으로 뻗고 벌벌 떨며 안으로 들어가지 못했다. 그는 뛰는 심장을 진정시키기 위해 청심환이 먹고 싶어졌다.

"당장 들어가지 못할까!!"

"네!"

한씨는 이랑진군의 고함소리에 정신을 차리고 상제궁 안으로 첫발을 내디뎠다. 저 멀리 계단 위 구름에 앉아 있는 상제가 얼핏 보였다. 한씨는 갑자기 엎드려 기어가다가 바닥에 머리를 조아리고 세 번 박더니 다시 열 걸음 걷고서는 고개를 바닥에 박았다.

"너 빨랑 안가고 뭐하냐?"

"절하면서 기어가야 되지 않나요?"

"왜?"

"중드(중국 드라마)보니까 황제 알현할 때 고개 숙이고 계단 아래부터 엎드려가던데?"

"중드가 뭐야? 너도 삼국지 봤냐."

"네.."

"소설이랑 현실이랑 구분을 못하냐. 너처럼 가다가 날 저물지 않겠다. 당장 뛰어가!"

이랑진군이 들고 있던 봉으로 땅을 내리치며 호통을 치자 한씨는 급히 뛰어가기 시작했다. 그는 이승 시간으로 20분 정도 뛰고 계단을 3729개 올라가서야 겨우 옥황상제가 앉아 있는 곳 바로 아래 계단에 도착했다.

'젠장 머네!'

그곳을 시작으로 한씨가 폭포처럼 땀 흘리며 투덜거리기를 10번 정도 하자 옥황상제 앞에 도착하였다. 옥황상제의 양옆으로는 천계의 장군들과 선녀가 서 있고 그 바로 아래 넓은 당상에는 지옥의 대왕 10명과 그 밑에서 일하는 문무백관 500명이 의복을 갖춘 체 8열 종대로 서 있었다. 모두 표정이 안 좋았지만 염라대왕만은 반가운 마음에 한씨에게 손을 흔들었다.

"어서 오게. 나 정말 자네가 보고 싶었어."

"헉헉헉.. 네.. 폐하.. 소인 폐하를 뵙게 되어 황공하옵나이다.."

한씨는 헉헉거리면서 궁서체 말투를 한 마디 하고는 탈진하여 엎드린 체 쓰러졌다. 그러자 한 선녀가 나서서 한씨의 입에 신선들만 먹는다는 과일즙을 먹였다. 곧 한씨가 기운을 되찾고 눈을 뜨자 상제 양옆에 서 있던 선녀들이 옷자락으로 입을 가리고는 큭큭거리는 것이 보였다.

"상제님 저 남자 아까 기어 오는 것도 그렇고 말투도 그렇고 정말 쫄보인가봐요. 고장 난 고양이처럼 몸을 떠네요."

"시대가 변했다지만 남자가 너무 겁쟁이에요."

때리는 시어머니보다 말리는 시누이가 더 밉다는 속담을 두 선녀는 실천했다.

"소인의 말투가 상제님의 심기를 건드렸나이까."

"원래 짓궂은 친구들이니 신경 쓰지 말고 그냥 평소처럼 말하게. 그보다는 얼굴 좀 들어보지 그러나."

한씨가 고개를 들자 안개에 가려져 있던 옥황상제의 얼굴이 드러났다. 옥황상제를 본 한씨의 눈은 안경원숭이만큼이나 커졌다. 표백제에 담근 것처럼 아주 하얀 머리카락과 8자 모양 콧수염, 아주 후덕한 뱃살과 턱살. 자신이 자주 가는 '잡채사랑 털만두' 가게의 인심 좋은 사장 할아버지와 똑 닮았었다. 한씨는 옥황상제를 보고 저승에 온 후로 처음 배고픔이 느껴져 온몸이 털만두를 달라고 외치는 듯하였다. 주룩 흐르는 침을 가리기 위해 다시 고개를 숙였다.

"자네 호기심이 대단하더군. 염라대왕과 저승사자를 질문으로 미치게 했다지."

"죄송합니다. 소인이 그러려고 그런 게 아닌데. 저는 저승 체질이 아닌 것 같사옵니다. 이승으로 내려가게 해주십시오."

한씨는 다시 발발 떨면서 궁서체 말투를 썼다. 사실 그는 사극을 좋아해서 이런 말투로 대화를 해보고 싶었다.

"아이고. 내려가더라도 값은 치르고 가야지. 자네는 너무 저승을 어지럽혔어."

옥황상제는 한씨의 반응이 재미있었는지 빈정거리는 장난을 걸었다.

"어떤 값이신지요.."

"내가 옥황상제로 취임한 지 600년 정도 되었는데 여태까지 봤던 사람 중 자네가 제일 재미있어. 나와 대화만 좀 해주면 돼."

상제가 자상함이 묻어나는 부탁조로 말투를 바꾸자 한씨는 안심하면서도 '상제님이 많이 외로우신가 보다' 생각하였다.

"저승의 형벌제도에 대해 의문을 많이 품었던데 어떻게 그런 생각을 하게 되었나."

"소인이 저승사자의 실수로 여기 오게 되었으니까요."

"실수하면 안 되지만 전혀 없게 할 수는 없네. 저승사자도 한때는 사람이었거든. 종종 사람이 죽었다 살아나서 화제가 되는 경우가 그런 실수인 것이지."

"아.. 그렇죠.."

이승과 저승에서 산전수전을 다 겪은 옥황상제는 한씨가 뭔가 망설이고 있다는 것을 눈치챘다.

"자네 뭔가 할 말 더 있지? 겁쟁이라 말하기 겁나는데 의심도 많다는 거 알아."

옥황상제의 말에 한씨는 입을 열었다 닫았다를 반복하고 가슴이 부풀어 오르내렸다.

"제 왜 저래? 짐이 뭐 심한 말 했냐?"

옥황상제는 얼굴이 벌겋게 상기된 한씨를 바라보며 백관들에게 물었다.

"실수하면 안 되는데 실수가 계속 생기고 있다는 건, 지옥에 있는 사람들 중 누군가는 지금 저승의 실수로 지옥에 있다는 것 아닙니까. 단 한 번의 잘못된 재판으로 100년 넘게 지옥에서 몸이 녹아내리는 형벌을 받고 있다니, 그들이 너무나 불쌍합니다. 저는 그들의 원망스러운 눈빛을 아직도 잊을 수 없습니다."

터져나온 한씨 입에서는 지옥인들에 대한 동정심이 가감 없이 표현되었다. 한씨의 말에 옥황상제 뿐만 아니라 주위에 있던 선녀, 천계의 장군들, 문무백관 모두 술렁거리기 시작했다. 옥황상제는 벌떡 일어나 계단을 내려가 한씨 앞에 섰다.

"그러하구나.. 그러해.. 네 말이 맞아.."

옥황상제는 참았던 감정에 눈물을 쏟는 한씨의 얼굴을 닦아주었다. 옥황상제는 지옥에 있는 사람들을 위하여 우는 사람을 저승에 온 이후로 처음 봤다.

"자네 말대로 억울하게 지옥에 있는 자가 있다면 그 사람들을 위해 어떤 조치를 내리고 싶나."

"억울함을 호소하는 사람들을 대상으로 재심을 허락해야 합니다."

"그럼 너도 나도 억울하다며 난리를 칠 텐데?"

"사람이 많다 하여 재심의 불편함을 피한다면.. 그것은 저승의 재판이 이승의 재판만도 못하다고 자인하게 되는 것입니다."

옥황상제는 한씨의 말에 뜨끔하였다. 저승의 개혁을 가장 강력하게 주장하는 자신조차도 그간의 편안함에 젖어 재심으로 일어나는 불편함부터 떠올렸다. 개혁을 한다는 건 제도를 뜯어고치는 일. 일이 늘어나고 관리들이 힘들어지는 것은 당연하다. 옥황상제는 자신이 이 정도인데 다른 관리들은 오죽 반대하겠나 싶어지며 신하들을 어떻게 설득할지 걱정되었다.

"자네 법대 나왔나?"

"아뇨. IT 전공했는데요."

"IT. 들어는 봤는데 정확하게 뭐더라."

"음.. 컴퓨터라는 것으로 원거리 정보교환, 실행 기술을 연구하는 것입니다."

"수석 입학?"

"아뇨. 꼴찌 입학."

옥황상제는 한씨의 대답에 울어대는 개구리 목처럼 불룩 튀어나온 배를 두들기며 웃었다. 한씨는 멋쩍은 듯 웃으며 뒤통수를 긁었다. 옥황상제는 한씨가 겸손하면서도 의외로 재치가 있다고 생각했다.

"꼴찌 입학이라니 겸손이 심하지만 정말 웃겼네."

한씨는 정말 꼴찌 입학했는데 옥황상제는 그걸 농담이라고 생각했다.

"콤퓨타하는 사람이 기특하구만. 어벙하게만 봤는데 옛날 말투도 제법 쓰면서 좋은 말들도 많이 하고, 역시 사람은 겉만 보고 판단할 일이 아니야."

옥황상제가 '허허' 거리며 계속 사람 좋은 목소리를 내뱉자, 한씨는 저승에 올라온 후 처음 긴장을 내려놓았다. 두 사람 사이에 핑크빛이 돌자 주위에 서있던 저승의 문무백관들 표정이 안 좋아졌다. 여러 대왕들이 염라대왕에게 곁눈질로 저런 애를 왜 데려왔냐는 불만을 표시했다.

"우리 호군이 머리에 혹이 나서 이유를 물어보니 자네가 이상한 질문을 해서라지."

"네.."

"지옥에서 실컷 벌받고 반성하게 하고서는 환생할 때는 기억을 지우는 이유와, 애초에 저승이 있다는 걸 이승 사람이 안다면 아무도 죄를 짓지 않을 텐데 왜 비밀로 하냐고 물었다는데 맞나."

"네. 너무 궁금해서 질문드렸는데 엘리베이터에서 머리를 계속 박으셔서 돌아가시는 건 아닌지 걱정했습니다."

"한 번도 가져보지 못한 참신한 생각이야. 이번에 처음 나도 고민해 봤는데 결론은 나중에 말해줄 테니 지옥의 형벌을 어떻게 바꾸면 좋을지를 먼저 말해보게."

"형벌은 반성하기 위해 있는 것이니 형벌을 받는 도중 분명 반성하는 자가 있을 겁니다. 반성하여 지옥에서 선행을 베푸는 자가 있다면 재심을 허락해야 합니다."

"앞으로 오는 사람들에게는?"

"처음 저승에 오는 사람들을 판결할 때 시대별로 다르게 해석되는 행위는 극락에 있는 사람들 중 그 시대를 살았던 사람들에게 판결을 내리게 하고, 그 외 판결 결과가 애매모호한 경우에는 환생 시켜 다시 한번 삶의 기회를 주어야 한다고 사료됩니다."

"이 놈 자식! 어디에 있다가 이제 온 거냐! 정말 오래간만에 들어보는 머리가 시원해지는 말이로다!"

옥황상제는 한씨의 등을 두들기며 웃었다. 하지만 궁의 분위기는 옥황상제의 기분과는 정반대였다. 너무 조용해서 뻘쭘해진 옥황상제는 주위를 둘러보았다. 관료들의 표정이 어두우면서도 서로 어깨를 밀치며 신호를 보냈다. 이때 유달리 우뚝 솟은 코에 짙은 피부색과 큰 눈을 가진 두 신하가 나섰다.

"상제께 아뢰옵니다. 저자의 말이 타당한 면도 있으나 판결과 관련하여 보완해야 할 점은 명부의 대왕들과 판관들이 해야 하는 것이지 극락의 사람들까지 끌어들인다면 큰 혼란이 있을 것입니다."

"맞습니다. 판결에 많은 사람이 참여하는 것은 위험합니다. 결국 같은 이승 사람들인데 서로서로 편의를 봐주지 않겠습니까. 또한 저승은 사건의 유무죄를 판결하는 이승의 재판과는 다릅니다. 저승에서는 재판 대상자의 행적을 낱낱이 알기 때문에 하나의 사건에 대한 죄를 묻는 것이 아니라 대상자의 인생 전체를 판결하는 것입니다. 죄인 때문에 고통 받은 수많은 사람들을 생각하면 현대 지옥의 체벌은 너무 가볍기만 한데 재심까지 허락하다니요. 저자가 죄인들이 이승에서 벌린 엽기적인 죄를 직접 보고도 그런 소리를 할지 궁금합니다."

반대 의견을 낸 두 인물은 이전에 저승의 첫 번째 심판관이었다가 두 번째로 밀려난 '진광대왕(秦廣大王)'과 그의 부하 '대산유판관'이였다. 두 사람의 의견에 동조하여 또 다른 지옥의 왕인 초강대왕(初江大王), 평등대왕(平等大王), 오관대왕(五官大王), 송제대왕(宋帝大王), 변성대왕(變成大王), 오도전륜대왕

(五道轉輪大王), 태산대왕(泰山大王), 도시대왕(都市大王)이 두 둔하고 나섰다. 저승에서 제일 높은 신하들이 전부 나서서 반 대하자 한씨는 자신의 두 가지 좌우명을 어긴 것을 후회하였 다.

"대왕님의 걱정하시는 바도 이해는 되지만 무엇이든지 간에 실행해 보기 전까지는 결과를 알 수가 없잖아요. 진광대왕님 께 서도 말씀하셨듯이 저자의 말이 일부 맞는 것도 있으니까 전부는 아니어도 작게라도 일부 해봐서 좋은 취지를 살펴보는 것도 괜찮을 것 같아요."

한씨가 전혀 예상하지 못한 아군이 등장했다. 말소리가 들리는 곳으로 고개를 돌리자 염라대왕이 보였다. 모두 한씨의 말에 반대하는데 유일하게 자기편을 들어주자 괴상했던 히피풍의 염 라대왕이 잘 생겨 보였다.

"염라대왕님은 부임한지 얼마 안 되셔서 잘 모르시 나본데 저 승이란 곧 하늘입니다. 하늘의 법도는 흔들림이 없어야 하는 것입니다. 저자의 말이 천년의 재직한 우리의 말보다 무겁다 는 말입니까?"

노기가 서린 진광대왕의 입에서는 말할 때마다 굴뚝처럼 연기 가 나고 눈썹은 나뭇가지처럼 여러 갈래로 갈라져 인상 쓸 때 마다 八를 넘어 11자 모양이 되었다.

"하늘의 법도는 몰라도 인간의 법도는 흔들리잖습니까. 그러 면 하늘이 인간의 법도를 품을 수 있는 아량도 있어야지요."

"대왕. 일을 어떻게 감정으로 하시려고 합니까. 판결의 공평함은 버려두고 일부에게 시험을 해본 다는 발상부터가 위험합니다. 시험을 해봐서 옳은 것 같으면 지금 있는 지옥의 수많은 인간들을 전부 구제하실 생각입니까. 그 혼란 속에 새로운 망자들을 받아들이고 판결하는 것은 누가 합니까."

옥황상제, 염라대왕 연합과 진광대왕, 8명의 대왕 연합이 옥신 각신하며 본인들이 관리하는 아수라장처럼 되었지만 결국 한씨의 의견에 동의하는 사람은 두 사람뿐이라 어전회의는 진도가 나가지를 않았다. 여기저기서 삿대질과 고함소리가 오고 갔고 옥황상제 앞인데도 기둥을 주먹으로 치는 신하도 있었다.

옥황상제는 반대 의견을 내는 제왕들을 보며 격세지감을 느꼈다. 지옥의 왕들은 이승에 있을 때 선행으로 이름을 알린 사람이라 자비의 재상, 동쪽의 부처 같은 좋은 별명은 다 가졌던 성자들이었는데 이제는 인간에 대한 동정심이 조금도 남아있지 않은 것 같았다. 자신의 옥좌를 쳐다보며 자신은 어떻게 변할지 걱정되었다. 아무튼 염라대왕을 제외하고 다른 제왕들 모두 진광대왕과 같은 뜻이기에 계속 말해봤자 소용없음을 알고 더 따져 묻지 않았다.

"조용히들 하게. 자네들의 의견은 나중에 더 들을 테니 그.. 뭐냐.. 한시? 이자와 더 대화할 시간을 주게."

한씨는 주위의 적대적인 분위기에 빨리 집에 가고 싶어졌다.

"극락에 있는 사람이 판결에 참여하게 하려면 저승이 보완해야 할 점이 뭐가 있겠나."

"그게..."

"말해보게."

"저기.."

"빨리 말해. 저승 사람 숨 넘어가겠어."

"..."

"자네 입 열기가 곤란하다면 요즘 사람들은 잘 모르는 옛날 지옥이나 하나 더 보고가. 사람 몸을 반으로 갈라 펄펄 끓는 간장에 조리는 '간수 지옥'이라고 정말 볼만할 거야. 사람 몸에서 족발 냄새가 난다지."

"컥!"

옥황상제의 말이 떨어지자 지옥의 대왕들은 그런 지옥이 있냐고 서로 수군거렸다. 간수지옥이라는 건 없다. 한씨를 달래기 위한 옥황상제의 임기응변이다. 그 와중에 태산대왕이 그 지옥 자기는 안다고 말해서 옥황상제가 속으로 혀를 차게 만들었다.

"이 뭐시냐 한쒸? 이자가 아직 못 본 간수 지옥부터 시작해서 나머지 123개 지옥을 다 보여주거라!"

"아닙니다!! 여기서 상제님과 대화하는 것이 좋사옵니다!!"

"그럼 극락인들을 참여시키기 위해 보완해야 할 점 줄줄이 읊어봐!"

상제는 처음의 온화한 말투를 버리고 양반다리를 하고 앉은 체 명령조로 말했다.

"저승의 모습은 사람들에게는 지나치게 권위적이고 공포를 유발하는 모습이어서.. 극락의 사람이 참여해도 발언을 하기 힘들 겁니다."

"예를 들어 어떤 게 권위적인가?"

"호칭.."

"일직사자, 염라대왕, 옥황상제, 야차 이런 거 말인가?"

"그러하옵니다."

"저승사자는 어떻게 바꾸면 좋겠나."

"저승 도우미.."

상제를 비롯한 모든 관료들이 입천장이 보이게 웃었다. 저승사자 중 일직사자도 괜찮은 반응을 보였다.

"재미있군. 염라대왕은?"

"그물 마을 총리.."

염라는 한자로 마을 염, 그물 라를 쓴다.

"하하하!"

"축하합니다. 내일부터 그물 마을 총리시네요."

"별말씀을요. 우리 모두 총리 아닙니까."

옥황상제와 대왕들이 모두 여유롭게 웃어넘겼다. 염라대왕은 털털한 성격이라 그리 대수롭게 여기지 않았다. 방금 전까지 험악했던 분위기가 한층 밝아져 모두들 한씨의 다음 발언을 기대했다.

"나는?"

"하늘나라 옥구슬 대통령.."

갑자기 백관들이 귀신같은 얼굴이 되어 눈알이 밖으로 흘러내릴 듯한 표정을 하고 한씨를 향해 삿대질을 했다.

"야 장난해. 이것이 감히 천계의 지존을 모욕해."

"건방진 놈."

"발설지옥에 고래만 한 맷돌이 있는데 저놈 거기에 넣어서 갈아 버립시다."

애초에 산자를 지옥에 보내는 건 불가능한 일인데 모두 찬동하고 나섰다. 탁탑천왕와 나타삼태자를 제외한 나머지 장군들은 진광대왕을 비롯한 지옥의 대왕들과 눈빛을 교환하며 칼집을 만지작거렸다. 염라대왕이 나서서 한씨 앞을 가로막지 않았으면 큰일이 일어날 뻔했다.

"이 사람은 우리의 실수로 이곳에 온 사람이다! 이 무슨 불경한 행동인가. 나는 이자와 더 대화할 것이니 '한 사람'만 남고 다 나가도록 하라."

옥황상제는 골치가 아픈지 이마를 어루만진 후 팔을 휘두르며 소리를 지르고서는 한숨을 내쉬었다. 주위가 다 물러나고 조용해지자 옥황상제가 다시 입을 열었다.

"봤지? 이게 저승의 실상이야. 내가 상제면 뭐 하나. 뭐하나 바꾸려고 해도 이들은 살던 방식에서 조금만 벗어나면 반대해. 사실 이런 개혁안도 이번에 처음 나온 거야. 자네 오기 전까지는 어전회의하면 맨날 1분이면 끝났어."

"어차피 저승은 이승 사람들의 생각이 모여 만들어진 곳이니 결정할게 없지 않은가요? 그냥 이승 사람이 생각한 모습으로 돌아가니까."

"이렇게 이해하면 돼. 건물을 세우고 기둥을 만드는 건 이승

사람들의 생각입자들이 만들지. 하지만 그 건물과 기둥에 색을 입히고 문양을 만드는 건 저승 관리들이 하지. 이승인들이 기둥 하나의 문양까지 일일이 생각해 낼 리는 없잖아? 근데 그 기둥을 꾸미는 관리들이 하던 대로만 하려고 해."

"그냥 하던 대로 해서 큰 문제가 있었나요?"

"있었지. 5년 전에 내 상제궁이 불타고 군사들은 전멸할 뻔했어."

상제는 그때의 기억이 또렷한지 뱃살을 부르르 떨며 콧바람까지 일으켰다.

"탁탑천왕과 나탁삼태자, 이랑진군이 있었는데도요?"

"탁탑천왕은 전치 28주 나왔고 나타랑 이랑은 전치 30주 나왔어. 탁탑은 용감하게 싸우기라도 했지. 나타랑 이랑은 탁탐 얻어맞는 거 보고 겁먹어서 기둥 뒤에 숨어있다 나한테 들켰어."

"세 분 다 덩치가 코끼리만 하고 팔뚝이 소나무 같던데 누구한테 그렇게 당한 건가요."

"이전에 중국에서 '서유기-모험의 시작'이라는 영화 만든 거 알고 있나?"

"네. 저도 재미있게 보았사옵니다."

"글쎄 그 영화를 중국인들 중 9억 명이 본 거야. 중국에서만 봤겠어. 다른 나라에서도 6억 명이 넘게 봤는데 덕분에 생각입자가 모여서는 손오공이 짠하고 다시 나타났고 내 궁으로 쳐들어왔지 모야. 태풍으로 병사들은 전부 날아가고 장군들은 얼굴이 구분 안 되게 두들겨 맞고 궁의 기둥이라는 기둥을 다

부수고 불 지르는 바람에 궁 전체가 무너졌었어. 명나라 때 손오공보다 훨씬 세져서 백 명 넘는 장군들이 상대가 안 되다가 손선생과 염파 장군이 나선 후에야 잡아들일 수 있었지. 나 그 때 정말 무서웠다고."

한씨는 무서웠다고 말하는 옥황상제의 인간적인 모습에 반하면서도 상제궁의 보안이 인간의 생각에 따라 매우 취약해진 다는 것에 놀랐다.

"내가 그렇게 요즘 이승인들 우습게 보지 말고 국방 개혁하자고 했는데 썩을 것들이 전부 반대하다가 나까지 골로 갈 뻔했어!"

옥황상제는 관료들이 없자 상소리를 해대며 옥으로 된 얇은 탁자를 내리쳤다. 다행히도 손도 살쪄서 쿠션 기능으로 인해 탁자 위의 쟁반과 거기에 담긴 복숭아, 대추만 뒤집히고 옥으로 된 탁자는 멀쩡했다.

"내가 좀 흥분했군.. 그래서 말인데 난 자네를 우선 국방 개혁 9.0의 부책임자로 쓸까 해."

옥황상제는 어디서 본 게 있는지 현대적인 프로젝트 명을 지었다.

"그런 큰일을 저에게 맡기신다니요. 가당치 않습니다. 전 그냥 쌀밥에 고깃국 먹는 게 좋은 소시민이니 돌려보내 주옵소서."

"아냐! 아냐! 괜찮으니 날 믿고 해봐. 내가 사람 보는 눈 하나는 기가 막혀."

"제가 해보고 싶다고 해도 신하들이 모두 반대할 겁니다."

"그래서 내가 생각해 낸 게 있는데 이 분과 지략으로 대결해 보게. 자네의 능력을 증명하면 아무도 반대 못할 거야."

"어떤 분과 대결하라는 거죠?"

"나와 주십시오. 대공."

"하오!"

상제의 커다란 의자 뒤편에서 한 사람이 나타났다. 그의 뒤에서는 용의 아우라가 일렁였고 한씨는 그의 모습에 심장이 요통치며 숨을 쉴 수가 없었다.

#4 건곤일척(乾坤一擲)

"으억! 눈부셔!"

4개의 태양이 공작새의 깃털에 반사된 것 같은 휘황찬란한 빛을 내뿜으며 옥황상제 뒤에서 나타난 자는, 고대 중국 한족의 복장에 제갈공명이 애용하던 백우선(새의 깃털로 만든 부채)을 들고 있었다. 한씨는 그 모습을 보고 저승에도 무대 공연 장치가 있는 줄 알았다.

"니 다 디엔 활러 마, 비샤(부르셨나이까. 폐하)"

두 손을 모아 옥황상제에게 인사하는 자의 모습에서는 현대인에게서는 느낄 수 없는 패기와 위풍당당함이 있었다. 옥황상제도 같이 합장을 하여 예를 취하였다.

"한쒸. 자네가 평소 이분을 어떻게 생각해왔는지 모르지만 소개하겠네. 제나라의 병법가 손자시네. 인사드리게."

한씨는 '흐학' 소리를 내며 옥황상제를 만났을 때보다 더 큰 절을 하고서는 감동의 북받침에 사시나무 떨듯이 떨었다. 고대 중국 제나라의 재상 손자. 동서양 병법서의 바이블 손자병법의 저술가. 적국의 모함으로 양다리가 잘려나가고서도 제나라를 춘추전국시대의 패자로 만든 불세출의 위인. 한씨는 방구석 귀신처럼 그의 책을 읽고 또 읽으며 자기와 너무 다른 그에 대한 동경심을 가지고 살아왔다. 저승에서 그를 만난 것만으로도 억울한 저승 행차에 대한 보상이 되고도 훨씬 남았다.

"이렇게 뵙게 되다니 소인의 삶이 헛되지 않은 듯합니다."

한씨는 만세를 외치며 눈물을 훔쳤지만 손자는 어쩌라는 표정으로 한씨를 쳐다봤다.

"셔어 디 셤머 휴아? (뭐라 지껄이는 것이냐?)"

한씨는 댕청한 표정으로 옥황상제와 손자를 번갈아보았다. 저승에 오고 나서 여러 명의 저승 관리를 만났지만 중국어로 말하는 사람은 처음 만났다. 그것도 고대 중국어다. 옥황상제는 손바닥으로 이마를 비비며 피곤하다는 표정을 짓고는 갑자기 휘파람을 불었다. 그러자 하늘 높이 어디선가 구관조 한 마리가 나타나서 옥황상제의 의자 손잡이에 앉았다.

"손자 선생. 저승 온지 2500년이 되셨으면 이제 좀 고집 좀 접으시고 필요하면 한국어도 쓰셔야죠."

"손쓰, 다오 시얀 리양 퀴 우바이 니안, 니 지 카이 쉐리안 쉬 시아 쿠즈히, 유 주야오 데후 예야오 슈우 한슐레."

옥황상제가 말을 하자 구관조가 그것을 고대 중국어로 번역해서 대신 말을 하였다.

"잘했어. 파파고."

옥황상제가 구관조의 머리를 쓰다듬으며 신선들이 먹다 남긴 천도복숭아 씨를 선물로 주었다. 옥황상제는 중국말을 할 줄 알지만, 손자와 자신이 무슨 대화를 하는지 한씨가 알 수 있게 고대, 중세, 현대 동아시아 27개 국어를 할 줄 아는 구관조 파파고에게 통역을 맡겼다. 파파고는 저승에 온지 2016년이나 되어 인간보다 더 다양한 외국어를 구사했다.

"부허이쓰. 비샤(죄송합니다. 폐하)"

손자는 예를 갖추어 사죄했지만 한씨를 곁눈질로 훑어보는 그의 눈빛에서는 전혀 반성하는 기운이 없었다. 저승에서 일하는 관리들은 100년 이상 근무하면서 동아시아의 모든 언어를 자연스럽게 습득했다. 그중에서도 손자는 저승 있으면 역사책에서나 볼 수 있는 당대 최고의 위인들을 직접 만날 수 있다는 점에 매료되어 2000년 넘게 환생하지 않고 그들을 만나며 병법뿐만 아니라 어문학, 사회학, 정치학, 경제학 등 다양한 책을 저술하는 학자가 되어 저승 최고의 지식인이자 저승 관리들이 존경하는 위인 1순위였다. 하지만 손자는 그가 살았던 시대적 특성상 자신이 인정하는 사람이 아니면 오랑캐로 생각해 자신과 급이 안 맞는다고 생각되는 상대를 만나면 모국어로만 말했다. 옥황상제를 존경하여 그와는 평소에 한국말로 대화하였지만 말만 많고 행동은 졸장부인 한씨를 만나게 하자 이 상황을 매우 모욕적으로 느껴서 자신이 어떤 사람인지 드러내기 위해 고대 중국어로 계속 말했다.

"손자 선생께서도 아까 이자의 말을 들어보셨겠지만 생각이 남다르지 않습니까? 한번 이자와 대결하여 그 능력을 시험해 봐주셨으면 합니다."

옥황상제의 말에 손자의 미간이 위아래로 흔들리며 불쾌한 속마음을 숨기지 못하였다. 손자는 한씨를 무시한 체 파파고에게 말을 건넸다.

"오.랑.캐 주.제.에 설.치.고 다.닌.다.지?"

파파고가 구관조 특유의 기계음을 내서 번역했다.

"죄송합니다.. 설치고 다녔어요."

빠른 인정은 한씨의 특기이다. 손자에게도 굽실대고 파파고에게도 굽실 되었다.

"하하하하!!!"

손자는 생각지도 못한 한씨의 대답에 허리가 꺾일 정도로 한바탕 크게 웃은 뒤, 무협지 주인공처럼 옷에서 바람 소리가 날 정도로 몸을 돌려 옥황상제에게 고했다.

"예 헤 제종 바오파 듀이엔 헤 난지스슈우. 비샤(이런 졸장부와 대결하라니 받아들이기 힘듭니다. 폐하)"

이 때 한씨가 갑자기 끼어들어 이상한 발언을 하였다.

"워어쌍노옴이. 슨라오쉬"

"쉽마? (뭐라고?)"

'워어쌍노옴이, 슨라오쉬'은 중국어 '워 쌍니엔이, 슨라오쉬(뵙고 싶었습니다. 손선생님)'을 잘못 발음 한 것이다. 한씨는 팬심으로 손자와 직접 소통이 너무 하고 싶은 나머지 어린이 중국어 4일차 실력으로 무리수를 던졌다. 우리가 할리우드 톱스타를 만나면 꼭 영어로 말을 걸어 보고 싶어 하는 것과 같은 심리이다. 한씨의 의도와는 달리 손자는 이자가 자기한테 한국

말로 욕을 한 건지 중국어를 잘못 발음 한 것인지 분간이 안되었다. 파파고도 한씨의 발음이 이상해서 통역을 멈추었다.

'분위기가 이상한데 내가 잘못 말했나.'

한씨는 분위기를 잘못된 방향으로 눈치 체고 자신이 확실히 알고 있다 착각하는 말을 다시 꺼내들었다.

"모야시바?"

이번에는 '메이씨바(괜찮으세요?)'를 잘못 발음했다. 한씨의 이상한 발음은 상황을 더 악화시켜 손자의 얼굴색이 신호등처럼 변하게 만들었다. 옥황상제도 한씨가 왜 저러는지 이해할 수 없어서 수습 방법을 찾기 위해 주위에 신하를 찾았으나 아무도 없었다. 이번에는 파파고의 뇌가 고장 났는지 한씨의 말을 욕설 그대로 똑같이 따라 해서 불난 집에 돼지기름을 뿌려 되었다. 한씨는 이 상황에서도 손자가 한국말을 전혀 모른다고 생각하여 자신이 한말을 중의적으로 생각할 거라고는 꿈에도 몰랐다.

'아까 한말도 발음이 이상했나. 어떡하지.'

한씨는 자신이 입을 벌릴 때마다 문제가 크게 꼬여가고 있다는 것까지는 눈치채서 해결책으로 고작 생각해 낸 게 TV 예능에서 많이 들었던 중국어였다.

'중국인은 친분을 쌓는 수단으로 같이 식사하는 것을 중요시 한다지.'

한씨는 목에 핏줄이 슬 정도로 숨을 가득 모으고서는 아주 또박또박 외쳤다.

"슨라오쉬(손선생님). 니↑ 이╱이╲ 씨↑ 팔→러╲마╱"

이번에는 중국어 특유의 성조도 아주 훌륭하게 살려서 한씨 스스로 흡족해했다. 반면 손자는 흡족하지 않았는지 계단을 날아가는 수준으로 뛰어내리며 화답했다.

"이 개자식. 감히 나를 능멸해! 저승에는 네 몸뚱이 담을 관짝이 없는 줄 아느냐. 이놈!"

손자는 벌게진 손으로 한씨의 멱살을 잡고 흔들어대며, 봇물 터지듯 한국말을 내뱉었다.

"쬬밍아!"

"살.려.주.세.요."

한씨가 처음으로 제대로 된 중국어를 구사했는지, 파파고가 이번에는 침착한 AI 목소리로 맞게 번역했다.

"손선생. 참으세요! 경력에 흠집 납니다."

"폐하께서는 천계의 모든 군사를 부탁하신다면서 저를 사성평마대장군로 임명하시고서는 왜 이런 작자를 또 알아보시는 겁니까?"

"이 자를 손 선생 자리에 앉히려는 게 아닙니다. 단지 국방 행정에 이자의 능력이 필요한데 신하들이 이 자의 말을 신뢰하지 않으니 손자 선생과의 대결을 통해 신하들을 설득하고자 합니다."

손자 입장에서는 이러니저러니 해도 자존심이 상하는 일이었다. 그는 이승에서 병법가이자 장군이자 행정가였고 저승에 와서는 동아시아의 어문학을 연구하는 최고의 학자가 되었는데 손자가 보기에 한씨는 이 네 가지 중 어디에도 속하지 않는 평범한 사람이었다.

"알겠습니다. 대결을 받아들이겠습니다."

손자는 한씨와 상종도 하고 싶지 않지만 한씨의 도발에 크게 화난 대다가, 옥황상제의 생각이 틀렸다는 것을 증명하기 위해 대결을 받아들인다.

"한시, 자네 생각은 어떤가?"

옥황상제가 묻는데도 한동안 답이 없던 한씨는 배를 움켜잡고 바닥에 웅크리고 앉아 배를 움켜쥐었다.

"자네 왜 그러나?"

"위경련이 와서 배가 너무 아프고 떨립니다. 명을 따르고 싶으나 몸이 따르지 않을 것 같습니다."

얼핏 엄살 같으나 한씨는 스트레스에 매우 취약해서 이승에 있을 때 옷 반품 신청하는 정도 일만 돼도 위경련이 오고는 했다. 불세출의 병법가와 대결하라니 한씨가 받아들일 수 있는 사이즈가 아니었다.

"아? 그래. 싸움을 앞두고 아프면 안 되지. 이거 하나 먹어봐. 귀한 거야."

옥황상제가 옥탁자 위에 있던 과일을 쟁반체로 한씨에게 건넸다. 한씨의 상식으로는 속 쓰릴 때는 게비스콘이나 겔포스인데 과일을 먹으라고 하니 이해가 안 갔지만 귀한 것이라는 말과 평소 본인 몸을 엄청 챙기는 성격답게 양손으로 잡고 전부 먹어치웠다.

'저 놈 자식. 1개만 먹으라고 준 건데 2개째 먹고 있네.. 아까 기절 했을 때도 먹었으니 3개군.'

한씨가 과일을 다 먹고 30초가 지나자 기적이 일어났다.

"어라? 진짜 괜찮아졌습니다."

"당연하지. 자네가 먹은 건 신선들이 먹는 천도복숭아랑 대추 열매야."

옥황상제는 한씨가 천도복숭아 3개와 대추 2개를 다 먹자 헛기 침을 하였다. 다른 음식은 극락에서 발에 치일 정도로 많지만 천도복숭아만큼은 3000년에 1개씩만 자랄 정도로 귀한 과일인 데 그걸 한씨가 홀랑 해치웠다. 한씨는 귀한 걸 먹고도 괜히 먹었다는 생각이 들었다. 이제는 핑곗거리가 사라져 버린 것이 다.

"대결 할 수 있겠지? 여긴 저승이라 대결하는 사람들도 안 죽 어. 상처도 복숭아 먹으면 금방 치료되니까 걱정하지 마."

"저.. 생각 좀.."

"한다고? 알았어. 자네가 좋아하는 쌀밥에 고깃국 먹고 출발 해."

어차피 답정너였다. 한씨는 자신이 손자와 대결하기 전까지는 옥황상제가 안 내려보내 줄 거라는 것을 깨달았다. 위기에 처 하니 한씨의 마음속에서도 눈치가 새싹처럼 조금 솟아났다.

'대결 방식은 극락에 있는 인물 중에 각자가 가장 강하다고 생각하는 인물을 한 사람씩 뽑아 대결하는 것으로 한다. 사람

을 뽑는데 저승 시간 기준 20일을 줄 것이며 데리고 올 인물
은 각자가 알아서 잘 설득해서 데려와야 한다.

- 무기는 모든 것이 허용된다 -

극락부에서는 각자에게 사람을 선출하는 데 쓸 극락명부를 1
부씩 제공한다. 극락명부는 시대별로 인물들을 정리한 것을
제공한다. 손자와 한씨는 극락부의 관리에게 자신이 원하는
유형의 인물을 말하고 정보를 간추려 받을 수 있다. 단 대결
상대에 대한 비밀 유지를 위해 극락명부의 이름이 적힌 순서
가 서로 다른 것을 제공하며 서로의 상대가 누구인지 다른 관
리에게 물을 수 없다.'

옥황상제는 저승 전체에 공문을 내린 후 두 사람에게 극락 명
부를 제공했다. 극락 명부는 19,228권, 총 9,614,192,187페이
지에 달했다. 손자는 명부를 보지도 않고 이틀 후에 극락의 마
을 중에서도 역대 충신들과 선정을 펼친 정치인들이 모여 사는
청사촌(淸史村)으로 갔다. 손자는 청사촌에 온 김에 이순신, 제
갈공명, 문천상, 김현권, 남자현, 진흥도, 쇼토쿠 태자 등 지금
도 극락에서 명망이 높은 위인들의 집을 방문하여 인사를 나누
었다. 이틀 동안의 집들이를 마치고 삼 일째 날 키가 하늘에
닿을 듯한 은행나무가 심어진 집 앞에 당도하였다. 나뭇가지
하나의 굵기가 웬만한 나무 둘레만 하여 은행나무 한 그루가

천상의 하늘을 덮고도 남았다.

'그 동안 잘 자랐구나.'

이 나무는 '적송' 또는 '목왕'이라고 불리는 붉은 빛깔의 300척 짜리 은행나무로 2000년 전 이 집주인에게 손자가 선물한 것이다. 문 너머로는 '쿵쿵' 소리와 '합합' 하는 기합소리가 들려왔다.

"장쮠 쓰이마(장군 계십니까)"

손자는 아주 큰 소리로 집 주인을 불렀지만 그의 기합 소리에 묻혀 버렸다. 할 수 없이 그냥 문을 열고 들어서자 황금갑옷을 입은 한 노인이 주먹으로 천계의 목왕과 대결하고 있었다. 은행나무를 한 번 강타할 때마다 은행잎 한 가마가 노인의 몸으로 떨어져 저절로 갑옷이 되었다. 갑작스러운 손님에 놀란 노인은 금세 손자를 알아보고 대결을 멈추었다. 그가 태산이 무너질 때 날 것 같은 기합 소리를 내자 온몸에 붙은 은행잎이 바스러져 바람에 날아갔다.

"다오 즈 츙샹피양 유 슈머 시. 짜이샹(이 누추한 곳까지 어쩐 일이십니까. 재상)"

손자 앞으로 뛰어가 손을 잡고 반가워하는 이 노인의 이름은 '염파'다. 그는 손자와 비슷한 시기를 산 인물로 조나라의 명장이다. 중국 천하가 7개로 쪼개져 천하 통일을 위해 매일 같이 전쟁을 벌이던 전국시대에 제나라, 위나라, 연나라를 상대로 싸워 모두 이긴 인물이다. 염파는 훗날 중국을 통일하게 되는 진나라와도 싸워 이긴 적이 있는 명장 중에 명장이지만 이런 명장들의 말년이 대부분 그러 하듯이 간신의 모함으로 대장군직에서 쫓겨나고 만다. 하지만 그 후에도 조나라를 위해 싸우고 싶다는 유언을 남길 정도로 충신 중의 충신이며 손자가 최고로 존경하는 인물이었다. 살아생전 일흔이 넘은 나이에도 한 끼에 쌀 한 말과 고기 열 근을 먹는 거로 유명했는데 손자가 저승에서 그를 처음 만나 회식하면서 실제로는 쌀 한 말 반과 고기 열다섯 근을 한 끼에 소화하는 것을 보고 먹으려고 죽은 사람 같다고 농담을 했었다. 손자는 여러 번 염파와 옥황상제와의 연회 자리를 주선했지만 옥황상제는 600년 동안 30번 빼고 전부 거부했다. 둘이 같이 있으면 먹을 게 너무 빨리 줄어서다.

"손스, 라이 바이 장진 라이 러 (손자, 장군을 모시러 왔습니다)"

손자는 한씨 때문에 일어난 소란과 옥황상제가 여는 시합에 대해 설명했다. 염파는 상대가 미천하기는 하나 이런 큰 시합에 쓸 인물로 자신을 제일 먼저 생각해 준 손자에게 감복하였다.

"쉐쉐, 니 렌시 우 부주(부족한 저를 알아주셔서 감사합니다)"

이때 극락의 봄바람이 불면서 마당에 수북이 쌓인 은행잎 몇 장이 두 사람이 있는 방으로 날아왔다. 공교롭게도 그중 한 장이 염파가 앉은 자리 뒤에 있는 오동나무 탁자 위 양날 장검에 떨어지면서 반 토막이 났고 그 모습이 거울처럼 빛을 반사하는 칼날을 통해 보였다.

'저것이 손오공의 여의봉을 두 동강 냈다는 검이구나.'

손자는 놀란 표정을 숨기고 염파의 장검 손잡이를 보았다. 너무 손질하여 호수에 비친 달처럼 푸른빛을 내는 검에 비해 손잡이는 너무 잡아채서 낡을 대로 낡아 있었다.

"틴샤 밍진 지장 천웨인 텐웨이드 밍진(천하의 명검이 곧 천상의 명검이 되겠군요.)"

손자는 자신의 승리를 확신했다.

너무 유명한 사람을 데려오다 보니 보안 유지 속에서도 손자의 무장은 3명 정도로 압축되어 금세 소문이 났지만, 반대편 한씨 측의 무장은 대결 직전까지 안개 속이었다. 한씨는 막 저승에 온 터라 현대 한국인을 빼고는 대화가 통하는 인물도 없었고 손자처럼 덕망 있는 유명인도 아니라서 그를 믿고 따라올 인물이 없었다. 제일 큰 걱정은 화약 무기가 없는 저승의 특성상 보통의 현대인을 데려오면 손자가 데려올 인물의 냉병기에 초주검이 되어 죽다 살아나기를 반복할 것이라는 사실이었다. 한씨는 극락부 관리에게 세밀하고 은밀하게 여러 가지를 물어본 후 극락에서도 가장 소문이 안 좋은 곳으로 이동했다.

같은 시각 손자는 염파를 자신의 장수로 결정 한 후에도 가만히 있지 않았다. '지피지기 백전불태(知彼知己百戰不殆)'를 강조한 병법의 달인답게 한씨를 하찮게 생각하면서도 하찮게 대하지는 않았다. 그의 첩자를 보내 한씨가 어떤 상대를 구하는 중인지 알아보게 했다. 하지만 첩자에게서 들려오는 소식이라고는 한씨가 명패도 없는 집에 들어가서는 빨래와 요리를 한다는 소식과 그 집에는 극락과 안 어울리게 시정잡배처럼 생기고 여자인지 남자인지 구분이 안 되는 자들과 꼬마들이 자주 들락날락한다는 것뿐이었다. 손자는 이상한 생각이 들어 더 염탐해 보게 했지만 식사 시간마다 음식을 이따위로 하냐는 고함소리와 무언가가 깨지는 소리만 반복적으로 들려온다고 했다. 그 집에서 5만 리 안에 딱 한 명 있는 이웃에게 탐문해 보니 매우 언행이 거칠고 행동이 망동한 애들이 모여 있어 20만 리 안에 사는 주민 중 누구도 상대하지 않아 정확한 이들의 행적은 알 수 없다고 했다. 손자는 어째서 극락에 건달들이 올 수 있었는지, 한씨가 엉뚱한 집에 들어가서는 왜 가사도우미 생활을 하는지 도통 이해가 되지 않았지만, 옥황상제가 정한 규칙상 이승에서의 기록은 알아낼 수가 없었다. 단지 방심하지 않고 착실히 대결을 준비할 뿐이었다.

 그렇게 20일이 흘러 대결 당일이 되었다.
 "모두 입장하시오!"
사천왕의 합창과 함께 한씨가 처음 옥황상제를 알현하러 왔던 천례문 뒤쪽의 연무장에 문무백관과 극락인 12만 명이 모여 가장 강한 자와 가장 약한 자가 벌일 세기의 대결을 보기 위해 빼곡히 들어찼다. 시합 시작 전인데도 관중들의 함성 소리와 화산 폭발음과 비슷한 북소리에 연무장의 바닥이 위아래로 흔들려 흙먼지가 뿌옇게 일어났다. 이 모습을 옥황상제와 염라대왕을 비롯한 지옥을 관장하는 9명의 대왕이 가족과 함께 로열석에 나란히 앉아 내려다보았다. 하이라이트는 선대 옥황상제의 부인인 서왕모가 해질녘 회전하는 태양빛을 받으며 12척이 넘는 흰 코끼리를 타고 나타나는 장면이었다. 서왕모가 일곱 빛깔 꽃가루의 환영을 받으며 손을 흔들자 관중들은 환호하며 이 대결이 얼마나 격이 높고 큰 대회인지 실감하였다. 저승에서 가장 웃어른인 서왕모가 대결의 의미를 설명하는 교장님 훈화 말씀을 끝마치자 옥황상제가 일어섰다.

"사성평마대장군(육해공우주 총사령관)의 무장을 들라하라."

"들라 하라!!"

옥황상제의 명이 떨어지자 좌우 천여 명의 백관들이 큰 소리로 호령했고 용의 비늘 보양을 한 팔십 개의 뿔 나팔이 울려 퍼졌다. 나팔소리와 함께 연무장 바닥에서는 손자와 염파가 분수처럼 올라왔다.

"염파. 대령했사옵니다."

염파가 옥황상제에게 인사하기 위해 한쪽 무릎을 꿇자 연무장의 바닥 벽돌이 호수만 한 크기로 갈라졌다. 염파의 괴력에 관중들은 떠나갈 듯이 환호했다. 그의 등 뒤로는 천계의 태양이 호걸의 등장을 환영했다.

"염파! 염파! 염파!"

손오공을 물리친 염파의 인기는 극락에서 최고였다. 염파도 오랜만에 듣는 환호에 분기탱천하여 전투에 대한 기대로 하얀 눈썹이 구름처럼 일렁이고 오른쪽으로 상투 튼 머리에는 하늘의 기운이 서렸다. 염파가 목에 핏줄이 슨 채 하늘을 보며 고함을 지를 때는 10만 관중의 목소리가 묻혀버렸다. 염파의 소개가 끝나자 옥황상제는 염파의 반대편을 쳐다보았다.

"그 뭐냐.. 한씨 측 무장도 들라 하라!"

"들라 하라!!"

문무백관의 합창소리가 다시 울려 퍼지고 하늘을 나는 수백 명의 선녀가 구름 위를 사뿐사뿐 걸으며 꽃가루를 뿌렸다. 그 아래로는 청금석을 머금은 듯한 파란 하늘과 무지개 위에 앉은 신선들 사이로 우륵이 가야금을 켜며 한껏 분위기를 북돋웠지만 그 분위기는 오래가지 못했다. 한씨와 그가 뽑은 무장이 바닥에서 올라오자 궁전 전체가 쥐 죽은 듯 조용해졌다. 몹시도 딱 달라붙은 치마. 공기 순환은 포기한 듯한 셔츠. 찹쌀떡처럼 하얀 화장에 빨강에 한 맺힌 것처럼 빨간 입술. 연신 침을 뱉으며 팔짱 낀 그녀의 모습은 전투하는 사람의 복장은 아닌데 전투하는 사람보다 더 무서웠다.

"제가 노안이 왔나 봅니다."

옥황상제가 눈을 비벼 되며 서왕모에게 말을 걸었다.

"이상하네요. 저승에 살면서 노안이 온 적은 없는데."

서왕모도 뭔가 이상해서 천도복숭아를 한입 베어 물어봤지만 옥황상제와 같은 장면만 보였다.

"대왕님은 뭐가 보이시나요?"

서왕모가 뒤돌아서 서는 나이가 만만치 않게 많은 염라대왕에게 말을 걸었다. 염라대왕은 서왕모의 말에 대답은 안 하고 몸

이 빳빳하게 굳어서는 주먹을 쥐었다 폈다 하며 '라마즈 호흡'
을 하였다.

"뭐 하시나요? 대왕?"

"저 잠시 제가 화장실 좀 가야겠습니다."

"화장실이요?"

저승인은 볼일을 보지 않기 때문에 저승에는 화장실이 없다.
염라대왕이 헛소리를 하자 서왕모는 내려 와보라는 손짓을 하
였다. 염라대왕이 쭈뼛쭈뼛 다가오자 서왕모가 '요놈 잡았다.'
하는 표정으로 염라대왕의 팔을 꽉 움켜쥐었다.

"이전에 화목란(뮬란) 같은 무장도 있었으니까 여인이 나온
것까지는 이해하겠는데 요즘 사람들은 싸움을 저런 복장으로
하나?"

옥황상제가 한씨의 무장이 누구인지 해석하기 위해 노력할 때
지옥의 대왕들은 자신이 심판을 잘못하여 불량배를 극락에 보
낸 적이 있는 것은 아닌지 불안해했다.

가장 큰 혼란은 대결 당사자인 염파가 겪고 있었다. 상대를
보고도 믿기지 않아서 막 자고 일어난 사람처럼 눈을 얇게 뜬
채 상대를 쳐다보며 이것이 도대체 무슨 상황인지 이해되지 않
는 것을 분석하느라 바빴다. 움직이지 않는 상대에게 먼저 선
방을 날린 건 한씨의 무장이었다.

"뭘 봐? 재섭게. 배 갈라서 내장에 문신 새겨 버릴라. 주머니

나 털고 꺼져."

그녀의 말이 얼마나 매섭고 무서운지 한씨는 자기 내 편이라는 것을 까맣게 잊고 상납하기 위해 주섬주섬 주머니를 뒤졌다. 로열석에서는 진광대왕이 최근에 지옥행 판결을 내리자 저런 식으로 자신을 협박하는 학생을 여럿 만난 적이 있다며 저건 일진의 말투라고 했다. 다른 대왕들은 큰일 났다며 저 여인을 극락으로 보낸 대왕이 누구인지 잡아내야 한다고 난리를 쳤다. 염라대왕은 소란 속에 서왕모에게 옷깃을 잡히고 눈을 감은 체 염불을 외어댔다.

손자는 염파가 있는 곳으로 올라가 저것은 여장 남자다, 아니다 체구가 너무 안 맞다, 독침을 가지고 있을 거다, 극락에는 독이 없다, 암기를 숨기고 있을 거다, 그나마 그게 가능성이 있다, 일격필살의 맨손 무술가다 등 여러 이야기를 나누며 작전 계획을 짰지만 상식적으로 이해되지 않는 상황에 이미 정신적으로 많이 흔들린 상태였다.

염파와 손자가 당황한 이유는 세 가지다. 누구보다도 여성적인 화장을 하고서 말은 승냥이보다도 더 거친 것이 첫째. 아무런 무기를 갖추지 않고서는 팔짱을 낀 체 여유로운 것이 두 번째. 염파에 비해서는 비교도 안될 정도로 가냘픈 몸을 가진 점이 세 번째였다. 인간은 자신이 해석할 수 없는 것을 접했을 때 공포감을 느낀다. 아메리카 원주민과 서유럽인이 처음 만났을 때, 외계인과 지구인이 만났을 때, 여자 친구가 '나 오늘 뭐 달라진 거 없어?'하고 물을 때처럼 말이다. 염파도 이승 50년, 저승 2000년 전장을 누벼봤지만 공포를 느낀 건 오늘이 처음이었다.

"두 사람은 어서 대결을 시작하라!"
옥황상제는 웅성거리는 연무장의 분위기를 멈추기 위해 시합의 시작을 큰 소리로 알렸다. '쿵쿵'거리는 북소리에 염파는 자신의 얼굴을 때리며 혼란스러운 정신을 다잡고 장검을 집어 들었다. 손자는 방심하지 말라는 말과 상대가 원하는 것을 할 시간을 주지 않기 위해 빠르게 공격하라는 말을 남기고 연무장 아래로 내려갔다. 상대는 무장도 안한 어린 여인. 염파로서는 무척 달갑지 않은 상대이지만 명령에 죽고 사는 무인이기에 손오공을 갈라버렸던 검을 들고 상대에게 달려들었다. 염파가 호랑이의 포효 소리를 내자 고요했던 연무장이 다시 함성 소리로 가득 찼다. 그녀는 와보라는 듯 바닥에 침을 뱉고 멀뚱멀뚱 서 있었지만 손자와 염파가 작전 회의를 하는 동안에 50보 이상 뒤로 더 물러나 있어서 염파와는 상당한 거리를 유지했다. 초장에 승부를 내려던 염파는 상대와의 거리가 너무 멀어지자 속도전을 내기 이전에 무엇을 준비하였는지 보기 위해 평범한 달리기 속도로 정면 돌진을 했다. 그러다가 그녀의 열 발자국 앞까지 도달하자 염파는 급히 몸을 멈추어 세우고 뒤로 물러섰다. 여인이 등을 보이며 아예 뒤돌아섰기 때문이다. 천년 넘게 전쟁터를 누벼봤지만 이런 식의 싸움은 그의 상식 밖이었다. 그는 또 한 번 자신의 마음을 다스리기 위해 어금니에 금이 갈 정도로 입을 다물었다. 염파가 멈추어 선체 행동하지 않자 여인은 살짝 고개를 돌려 뒤를 살피면서 처음으로 여유로움이 깨진 모습을 보였다. 그러자 염파는 바닥이 패일 정도로 바닥을 박차며 부지불식간에 그녀의 다섯 발자국 앞까지 파고들었다. 금세 염파의 거대한 그림자가 그녀의 몸을 전부 가렸고 이 순간부터 염파에게는 망설임이 없었다. 염파가 등 뒤에서부터 반원을 그리며 검을 내려치자 초음속을 돌파한 충격파로 인해 연무장의 바닥이 솟구쳐 올랐고 그 파편에 하늘에서 구경하던 신선들이 맞았다. 인간이 어떻게 초음속을 돌파할 수 있냐고 의심할 수 있지만 2000년 동안 저승에서 단련한 자는 가능하다. 염파는 공격하면서도 그녀의 처참한 최후를 차마 볼 수 없어서 눈을 감은 체 검을 휘둘렀다.

연무장이 순식간에 앞이 분간이 안 될 정도로 뿌예진 이때 염파의 가랑이 사이로 무엇인가가 미끄러지듯 빠져나가는 것이 보였다. 그녀였다. 그녀는 염파의 그림자가 자신을 가리자 염파와의 거리를 동체시력으로 예측하고는 작은 체구의 이점을 살려 염파의 다리 사이로 발사된 화살처럼 바닥에 등을 대고 빠져나갔다. 염파가 여인을 잡기 위해 뒤돌아선 순간 그의 등 뒤에 있던 강렬한 태양빛이 적이 되어 뿌연 먼지 속에서도 그의 눈을 지졌다. '앗'소리와 함께 염파가 한 손으로 태양빛을 가리자 그때를 놓치지 않고 그녀가 자세를 낮추어 자신의 셔츠 뒤쪽에서 무언가를 빼들었다. '좌르륵'하며 쏟아져 내린 것이 염파가 태세를 갖출 잠깐의 시간도 주지 않고 그에게 곧장 날아갔다. 방울뱀의 꼬리 소리와 비슷한 그것이 염파의 오른쪽 턱을 강타했고 쇠를 긁는 것인지 뼈를 긁는 것인지 알 수 없는 소리가 소름 끼치게 울려 퍼졌다. 연무장에 모인 사람들 모두 입을 벌린 체 넋이 나간 표정을 하고 지켜보았지만 뿌연 먼지 속에 두 사람의 멈추어선 실루엣만 보였다. 곧 먼지가 가라앉자 두 사람의 모습이 드러났다. 염파의 검이 체인으로 칭칭 감겨있고 그 체인의 중간을 염파가 이로 붙들고 있었다. 입술 옆은 체인이 지나가면서 살가죽이 벗겨져 있었다. 염파는 눈으로 들어오는 직사광선을 무시하고 눈을 감지 않아 눈과 그 주위가 벌겋게 달아올라 있었다. 씩씩거리는 그의 안광에서 절정의 분노가 느껴졌다. 그녀는 체인을 다시 빼내기 위해 있는 힘껏 당겼지만 염파 장군 새끼손가락 한 개의 힘만도 못했다.

"으학!"

염파가 물었던 체인을 놓고 분노의 외침과 함께 칼을 공중에 몇 바퀴 휘두르자 여의봉의 티끌만도 못한 체인은 종이 쪼가리처럼 산산 조각이 났고 그녀는 체인이 끊긴 반동으로 인해 뒤로 넘어졌다. 여인은 아주 잠깐 하늘을 응시했다가 이제 다 끝났다는 듯이 등을 보이며 바닥에 옆으로 주저앉아 비련의 여주인공처럼 최후를 기다리는 자세를 취했다. 염파의 검이 또다시 반원을 그리며 엄청난 충격파를 전하려는 찰나 패배를 직감하는 듯한 그녀의 모습에 염파의 검이 또 멈칫하였다. 이때 먼 곳에서 관중들의 고함 소리를 뚫고 단 하나의 외침 소리가 들려왔다.

"염장줴, 비썅당. 쓰쉬찡.(염파 장군. 속지 마십시오. 함정입니다.)"

손자의 목소리였다. 손자의 말에 염파가 다시 칼을 높이 치켜들고 내려치려고 하자 염파와 관중들의 머리 위로 우박이 떨어질 때 나는 소리가 나며 무언가가 떨어졌다.

"내 눈!"

그것이 관중들의 눈에 들어가자 여기저기서 비명 소리가 들렸다. 염파의 첫 합에 하늘 높이 튕겨져 올라갔던 연무장 바닥의 파편 조각과 먼지가 떨어져 내렸다. 염파가 서있는 곳에는 한 수레를 가득 채울 정도의 파편과 먼지가 떨어져서 염파의 눈이 완전히 멀었다. 반면 등을 보이고 비켜 누워 있던 그녀는 눈을 보호할 수 있었다. 모두의 눈이 먼 상태에서 '좌르륵' 소리가 들리고 모두의 귀가 열렸다. 염파는 '아차' 싶었다. 염파가 눈을 감은 체 양팔을 들어 얼굴을 보호했지만 얼마 안 되는 양팔 사이의 간격을 뚫고 무엇인가가 빛의 속도로 치고 들어갔다. 그러자 '빡'소리와 함께 뼈마디가 부서지는 소리가 들리고 누군가의 이가 산산이 부서져서 관중석까지 날아갔다. 그녀는 셔츠 뒤에 사람 키 절반 정도의 짧은 체인을 또 하나 숨겨 놓았다가 염파의 눈이 먼 순간 그의 턱을 그대로 강타했다. 일명 체인샷 (chain shot). 체인샷은 체인 끝에 달린 쇠구슬에 체인 전체의 무게가 실리기 때문에 단 한 대만 맞아도 끝장이다. 그녀가 가진 체인의 쇠구슬은 질량이 높은 금을 강철로 감싸 크기 대비 훨씬 파괴력이 강했다. 쿵소리를 내며 한쪽 무릎을 꿇은 염파는 왼손으로는 칼을 쥔 체 움직임이 없었다. 그의 입에서는 선지 같은 피가 계곡의 물처럼 흘렀다.

'기절한 것인가? 일어서는 것인가?'

여인의 사슬에서는 그녀의 손에서 내려오는 땀으로 인해 바닥을 강으로 만들었다. 한 번의 공격을 더 날리고 싶었지만 체인의 추가 아까의 공격으로 박살이 났다. 이제 그녀에게는 무기가 없다. 두 사람 다 움직임이 없자 먼지를 뒤집어쓴 심판이 다가가 염파의 몸에 손을 갔다 대고 얼굴을 들여다보았다. 심판이 떨리는 목소리로 말했다.

"하.. 한씨 측 무장 권하나 승"

승리 선언과 함께 한씨는 바닥에 엎드려 울고 여인은 염파에게 다가가 그를 부축했다. 세상은 관중들의 함성 외에 아무것도 들리지 않았다.

"소녀가 염파를 이겼다!"

관중들은 극도로 흥분하여 서로의 머리를 쥐어뜯거나 기절하는 사람이 속출했다. 광란이었다. 손자는 다리에 힘이 풀려 바닥에 주저앉고 말았다. 관중들은 체인을 연호하며 그녀를 가까이에서 보기 위해 말리는 병사들을 뛰어넘으며 그 일대가 난리가 났다. 사천왕은 '천상무쌍(天上無雙)'이라는 강물처럼 긴 현수막을 마주 잡고 펼치며 그녀에게 목례로 경의를 표했다. 사람들은 체인 소녀에게 가까이 갈 수 없자 아쉬운 대로 한씨에게 다가가 목말을 태우고 연무장을 돌았다. 한씨는 목말을 탄체 체인 소녀를 보며 환희의 박수를 보냈다.

『 잠깐 상식 : 체인샷이란?

체인샷은 고대의 일진 무술 중 최고 비기로서 은닉과 기습에 특화된 공격이다. 가벼우면서 숨기기 좋아 주로 여인들이 옷 속에 숨기고 다녔다. 일진은 고대부터 있던 존재로 일진의 대표적인 조상으로는 구약성서에 나오는 다윗과 골리앗의 골리앗, 동아시아를 휩쓸었던 왜구, 카리브 해의 해적, 고대의 악마 '베엘제붑'이 있다. 이 믿거나 말거나 한 이야기에 의심을 품은 사람이 있다면 동네 일진에게 다가가 물어보기 바란다. 목숨은 보장 못한다. 』

#5 경천애인(敬天愛人)

"체인!! 체인!!"

"체인 학생! 싸인 좀 해주세요."

"나도요! 나도!"

승자인 그녀에게는 현대 극란인들 사이에 싸인 요청이 쇄도했다. 염파에게는 의선(醫仙)들이 달려와 서왕모에게 받아온 천도복숭아를 먹이고 그의 상태를 살폈다. 염파와 싸운 그녀는 염파가 이렇게 맷집이 약할 줄 몰랐는지 의원을 불러달라고 외치며 싸울 때보다 더 땀을 흘리며 염파의 심장을 누르는 심폐 소생술을 해댔다.

지옥의 대왕들은 연무장에 체인까지 나타나자 일진이 확실하다며 책임자를 찾기 위해 혈안이었다. 옥황상제는 사태를 빨리 수습하기 위해 병사들을 시켜 관중들 사이에 길을 트게 하고 한씨를 만나기 위해 직접 신하들과 함께 연무장으로 내려갔다.

"자네가 데려온 저 낭자는 누군가?"

"이름이요? 권하나입니다."

역시나 한씨는 핵심을 벗어난 대답을 했다.

"이름 말고. 정체 말이야. 지금 극락에 불량배가 왔다고 신하들이 난리라고."

옥황상제는 한씨의 머리를 본인의 이마로 밀며 멱살을 잡은 체 침을 튀기고 열변을 토했다. 정신일 돌아온 염파와 대화를 나누던 체인 소녀 하나의 귀에 옥황상제의 목소리가 들려왔다. 옥황상제를 본 그녀는 벌떡 일어나 관중들 사이를 단숨에 뛰어넘어 먹잇감을 발견한 표범처럼 달려들었다.

"저 자를 막아라! 폐하를 둘러싸!"

자라 보고 놀란 가슴 솥뚜껑 보고 놀란 식으로 그 기세가 염파를 상대할 때와 같아서 신하들은 옥황상제 앞을 가로막고 나타 삼태자가 군중을 밀치며 하나에게 접근했다. 하지만 그녀는 호위병 사이를 가볍게 재치고 뛰어넘고 다리 사이로 빠져나가며 옥황상제 앞에 당도했다. 옥황상제는 체인 소녀가 바로 앞에 나타나자 '나 이제 두 번 죽는 건가?' 하는 생각을 했다.

"옥황상제님. 너무 뵙고 싶었어요!"

갑자기 체인 소녀가 옥황상제를 태클 자세로 끌어안고 4옥타브 고음을 내며 인사했다.

"제가 극락 와서 옥황상제님도 뵙고 정말 출세한 것 같아요. 아저씨한테 듣던 대로 물범 느낌 나고 귀여운 외모시네요. 상제님 뒷목 한 번 만져봐도 돼요? 부탁할 것도 있는데 이따 말해도 되죠?"

그녀는 ENFP인지 말도 많고 애교도 많았다. 옥황상제가 말할 틈도 주지 않고 말을 쏟아냈다.

"버릇없는 것! 떨어지지 못할까!"

대왕들과 호위병이 그녀를 옥황상제에게서 떼어 내려고 하자 옥황상제가 조용히 손짓으로 모두 물러가라는 신호를 보냈다. 신하들과 병사들이 뒷걸음질로 물러나자 옥황상제는 하나의 태클을 풀고 물었다.

"낭자는 그런 무술을 어디서 배운 거요."

옥황상제는 한씨를 상대할 때와 달리 하나에게는 병아리를 품은 어미 닭의 품처럼 따뜻하고 부드럽게 말을 건넸다.

"낭자가 뭐예요?"

"귀한 집의 높은 아가씨라는 뜻이지."

하나는 옥황상제의 해석에 자신이 드라마 속 공주가 된 듯하여 너무 좋아했다. 비속어와 함께 한 바퀴 돈 후 옥황상제의 말에 대답했다.

"사촌 언니요."

"언니가 설마 불량배?"

"한때 그랬는데 지금은 아니에요."

하나의 대답이 떨어지자마자 신하들과 관중들이 막장드라마를 볼 때처럼 속닥거리기 시작했다.

"역시나 역시."

"큰일 났다. 빨리 어떻게 된 건지 알아봐."

"저런 아이를 누가 극락으로 보낸 거야. 우리 중 범인이 있다면 어서 자수하시오."

신하들의 말이 관중에게까지 전파되어 웅성거림에 연무장은 누구의 말도 안 들리는 상태가 되었다. 어디선가 사람들의 입을 막는 손뼉 소리가 들렸다. 그 손뼉 소리는 비행기가 공기를 뚫을 때 나는 듯한 파열음이었다. 연무장에 있는 모든 사람이 몸을 웅크렸다. 연무장이 조용해지자 신하들의 뒤에서 서왕모가 나타나 하나의 어깨를 감쌌다.

"말하세요. 어떻게 된 건지. 내 다 들었어요."

9명의 대왕들이 서로 번갈아 보며 서왕모와 대화한 사람이 있는지 물었다. 염라대왕은 제자리에서 뱅글뱅글 돌며 다른 대왕들과의 시선을 피했다.

"저는 아빠랑 둘이 살았는데 중3 때 아빠가 지방에 일하러 내려가시면서 제 사촌 언니네 집에 와 살게 되었어요. 언니가 외동이라 동생 생겼다고 저를 너무 이뻐해 주었는데 사촌 언니는 자신이 일진이라는 걸 저에게 비밀로 했어요. 그런데 제가 고1이 되자마자 사촌 언니에게 맞았던 다른 일진 선배들이 제 머리를 자르고 잿더미를 뒤집어씌웠어요. 사촌 언니가 집에 돌아온 제 모습을 보고 다 죽이겠다고 난리를 치다가 제가 언니 때문에 이렇게 되었다고 언니도 똑같이 당했으면 좋겠다고 저주를 퍼부었더니 그것이 언니에게 꽂혔는지 제 손을 부여잡고 미안하다며 울었어요."

"그래서.. 결국 언니랑 같이 복수를 한 것인가?"

그녀의 무력에 대해 가장 궁금했던 손자가 드디어 한국말로 입을 열었다. 같이 듣고 있던 핵심 관계자들은 복수했다고 답할까 봐 노심초사했다. 복수했다고 대답하면 염라대왕이 실수로 한씨를 불러들인 것과는 비교도 안 되게 큰일이었다.

"아뇨. 호랑이는 초식 동물과 싸우지 않는다면서 체인샷

이랑 기본적인 '프리 러닝'을 저한테 가르쳐주었는데 그걸 제가 금방 습득해서 축제 때 써먹었어요."

"복수는 안 했다는 거지? 후리 러닝은 뭐고 체인삽? 그건 또 무엇인고."

"프리러닝은 공중 기예, 체인샷은 아까 그 무예를 뜻하는 서쪽의 언어이옵니다."

서로 간의 나이 차가 오백 살이 넘다 보니 대화가 쉽지 않았다. 못 알아듣는 대왕들을 생각해서 한씨가 설명해 주자 대왕들과 관리들은 그제야 안심했다.

"옳도다. 무의 올바른 쓰씀이는 나를 강하게 만들어 싸우지 않는데 있지. 축제 때 어떤 기예를 보였길래 적들이 공격을 멈추었느냐."

손자가 그녀의 말에 귀를 기울이며 흥미를 보였다.

"운동장에 있는 운동기구 위를 날아다니며 체인으로 사촌 언니랑 대련했어요. 친구들 말로는 땅이 파이고 번개가 춤추는 것 같았다면서 저희 둘 구경하느라 다른 축제 공연은 올 스톱 되었대요. 그 후로는 저를 괴롭히는 사람이 없었어요."

하나는 손과 팔을 돌려가며 아주 과장된 몸짓으로 당시 상황을 신나게 묘사했다.

"하늘을 나는 무예라니 두 눈으로 보지 못한 것이 한이로다!"

손자는 천부적 재질을 가진 하나와 그의 스승인 사촌언니라는 인재가 탐나는 눈치였다.

"대장군, 외람되지만 중요한 건 그녀의 무예가 아닙니다."

진광대왕이 문무백관들을 대표하여 나섰다.

"너는 누구에게 어떤 판결을 받았길래 극락에 갈 수 있었느냐. 네가 말한 행적에서는 선행의 흔적이 없느니라."

판관 한 명이 하루 만 명도 넘는 망자를 상대한다지만 하나처럼 특이한 이력을 가진 인물을 마주한 기억이 아무도 없었다. 옥황상제를 비롯하여 백관들과 관중들도 제일 궁금한 점이라 모두 그녀의 입에 주목했다.

"음.. 우리 반이 있는 학교 4층에 누전으로 불이 났어요. 운동장으로 탈출해서 올려다봤더니 같은 학년에 걸음이 느린 친구가 아직 4층에 있더라고요. 소방관이 오기 전이라 제가 그 아이를 구하려고 올라가서 업고 내려오는데 그만.."

"저런! 데리고 내려오면서 변을 당했구나!"

"아니요. 연기를 많이 마시기는 했는데 체인을 타고 건물 벽을 내려와서 몸에 이상 있을 정도는 아니었어요."

"저 물건이 그런 용도로도 쓰이는구나.."

신파극을 기대했는데 액션물이 나오자 관중들은 다음 이야기가 더 궁금해졌다.

"목숨을 건 선행을 하기는 했지만, 분명 죽음을 면했는데 어찌하여 여기 왔는고?"

"연기를 흡입하고 병원에서 종합 진단을 받는데 저한테 희귀성 혈액암이 있다는 거에요."

"저런! 그래서 왔구나. 역시 우리가 오해한 거였어."

그녀의 병치레 사연을 듣고 관중들 중에는 자신도 지병으로 죽었다거나, 어린 나이에 불치병으로 죽은 처자가 안 됐다며 우는 사람도 있었다. 명부의 대왕들은 자신들이 실수할 리가 없다며 서로 악수를 하고 안심했다.

"아니요. 초기에 발견해서 다행이라면서 최근에 나온 항암제로 아프지 않게 치료 가능하다고 안정만 취하랬어요."

"어.. 그러하냐?"

죽을 고비를 계속 뛰어넘는 하나의 대답에 진광대왕의 입에서 '언제 죽냐'는 막말이 나올 뻔했다.

"학교에서 1주 쉬게 해줘서 이전에 살던 동네에 자원봉사 하던 보육원의 동생들을 만나러 갔어요. 그런데 제가 제일 아끼던 동생 세 명이 한 차에 탔다가 다 같이 교통사고를 당해서 두 명이 죽었다는 소식을 들었어요. 그날 너무 슬퍼서 새벽 내내 울었는데 눈 떠 보니 여기였어요."

하나는 눈 떠 보니 여기였다고 했지만 폐 기능이 안 좋은 상태에서 오랜 시간 울다 보니 호흡 곤란으로 의식을 잃고 쓰러졌었다.

"그런 연유였다니 너의 극락행이 충분히 이해가 가는구나. 우리는 더 이상 낭자가 이승에서 행한 위업을 의심하지 않겠노라."

진광대왕의 칭찬에 모두 그녀에 대한 의심을 거두고 이승에서의 선행을 박수로 화답했다. 불길을 뚫고 친구를 구하고 아무런 연고가 없는 어린아이들을 동생처럼 돌본 사람은 동서양의 극락과 천국을 다 뒤져도 많지 않다. 이 더없이 화기애애한 엔

딩 분위기에 초를 치는 사람이 있었다.

"눈 떠 보니 여기라니 망자는 반드시 차사가 내려가서 데려오게 되어 있는데 몸을 떠난 망자가 오는 동안에도 의식이 없었다는 게 말이 되느냐."

손자가 눈치 빠르게 그녀의 표현에서 이상한 점을 지적했다. 그는 간자를 통해 그녀의 동태를 꾸준히 살폈기 때문에 누구보다 의문점을 많이 가지고 있었다. 특히 그녀의 집에 불량해 보이는 청소년들이 많이 출입하고 극락과 안 어울리는 욕설과 싸우는 소리가 자주 난다는 것이 이상했다.

"진심 그냥 완전 뿅하고 정신 차려보니 여기였어요."

"정신을 차렸을 때 제일 먼저 보였던 사람이 누구였더냐."

거침이 없었던 하나가 처음으로 대답에 뜸을 들이며 고개와 눈동자를 돌린 채 간지럽지도 않은 턱을 긁어대더니 누군가를 힐끗 쳐다봤다.

"염라대왕님.."

"뭐!"

염라대왕은 수만 명의 눈빛이 자기 한 사람에게 쏠리자 몸이 타버릴 것 같았다. 그의 사과머리에서 땀이 온천수처럼 뿜어져 나와 '나는 유죄요' 광고를 했다. 그 모습을 지켜보는 한씨의 머리에서도 땀이 흥건하게 흘러내리고 눈썹과 눈은 V자가 되어 얼굴이 한여름 녹아내린 아이스크림 같았다.

"죄송합니다. 옥황상제님 그리고 여러 대왕님들. 이 처자는 죽은 것이 아니라 육체이탈로 하늘을 떠돌다가 여기에 왔는데 제가 실수로 그만 놓아주고 말았습니다."

염라대왕이 무릎을 꿇고 울며 사죄하였다.

"자네. 이런 실수를 두 번이나."

옥황상제는 옆 목을 잡으며 자신이 가장 아끼는 인물이 연달아 실수한 것에 괴로워했다. 서왕모는 괴로워하는 두 사람과 달리 뭔가 못마땅한 표정을 지었다.

"염라대왕님. 놓아주다니요. 제게 말하신 것과 다르지 않습니까. 똑바로 실토하세요."

시장 바닥처럼 시끄러웠던 연무장의 서왕모의 에밀레종 목소리에 조용해졌다. 조용해졌는데도 염라대왕이 말은 안 하고 금붕어처럼 입만 뻐끔거리자 서왕모는 자신의 옷자락으로 염라대왕을 살짝 가렸다. 곧 '딱'소리와 함께 '아야' 소리가 들렸다. 염라대왕은 뒤통수를 문지르며 모든 것을 체념했다.

"그게 저 소녀가 동생들을 잃고 울었다는 밤, 호흡 곤란으로 기절하였는데 원혼을 가진 상태라 그런지 영혼이 하늘을 떠돌다 이곳까지 왔습니다. 생자(生者)라는 것을 알고 바로 내려보내려고 했는데 죽은 동생들이 너무 보고 싶다면서 제발 한 번만 보게 해달라고 하지 뭡니까. 사연이 너무 딱하여 죽은 보육원의 동생들을 만나게 해주었는데 글쎄 면회 도중에 동생들의 손을 잡고 냅다 도망가서 여태 찾지 못하다가 여기서 재회하게 되었습니다."

"대왕. 이건 월권을 넘어 부조리에 가깝습니다. 이승의 인간에게 지옥 구경을 시켜주더니 이제는 아예 사자(死者)와 생자를 상봉까지 시켜주십니까? 우리는 봉사 단체가 아니라 천계의 판관입니다."

"이것은 파직감입니다."

"맞습니다. 파직하소서. 폐하."

"한씨 저자는 물볼기를 쳐서 내려보내야 합니다. 이 모든 혼란의 시초이옵니다. 폐하."

진광대왕이 길길이 날뛰며 염라대왕을 질책하자 신하들 사이에 염라대왕을 파직하고 하나를 당장 이승으로 내려보내야 한다고 성토했다. 물볼기 이야기가 나오자 한씨는 손을 덜덜 떨며 영혼이 저승보다 더 위로 가지 않게끔 정신을 부여잡았다. 지옥의 빠따는 기본 100대다.

"조용히들 해 주십시오. 제 이야기 안 끝났습니다."

손자가 발을 구르며 소리쳤다. 그래도 조용해지지 않자 서왕모가 다시 나서서 모두를 진정시켰다.

"낭자는 아이들과 왜 도망간 건가? 이승에 가족들 있으니 돌아가야 할 것 아닌가."

"아저씨들 때문이에요. 제 동생들을 전혀 돌봐주지 않으니 저라도 돌봐주려고 안 내려가고 숨어 지냈어요."

하나는 삶이 화났을 때 눈빛이 되었다.

"극락정토에는 근심, 고통이 없고 춥지도 덥지도 않으며 음식은 물처럼 샘솟고 연못에는 금과 옥이 흘러넘치는 곳이니라. 하늘의 음악에 취해 그저 즐기고 누리면 되는 곳에서 돌봄이 뭐 필요하느냐."

"제 동생들이 살아있을 때도 하지 않던 욕을 달고 살고 폭식하고 심심하다면서 친구 옷에 불붙이고 술까지 마시고 12살짜리가 이불에다 토하는데 돌봄이 왜 필요 없어요."

"극락은 아주 선한 사람이 가는 곳인데 그럴 리가.."

"아니긴요. 제 동생들 말로는 그런 애들이 너무 많아서 군대놀이해도 될 정도라는데. 사람들은 위험한 아이들이라면서 대부분 받아주지도 않아요. 극락에 있는 우리 집에서 사고로 일찍 죽은 아이들을 챙겨주고 있는데 애들이 이미 너무 거칠어진 상태라 하루 종일 타이르다가 탈모가 올 거 같아요. 애들이 꿀꿀이도 아니고 매일 먹고 마시는 것만 책임져주면 끝인가요. 재들은 여기 있는 동안은 영원히 어린이예요. 보살피고 사랑을 주어야지요."

하나의 말에 하늘에 있던 무지개가 색을 잃고, 옥황상제와 명부의 대왕을 비롯하여 모든 신하, 관중들의 얼굴이 회색빛이 되었다. 그들은 극락의 현실을 한 번도 관심을 가져본 적이 없었다. 그들 생각에 극락이라는 유토피아적 세상은 흠이라는 것이 절대 있을 리가 없었기 때문이다. 옥황상제는 눈을 감지도 않은 체 뜨거운 태양빛을 쳐다보다가 눈을 감았다. 그가 100년간 생각해왔던 개혁 대상은 판결 제도와 지옥의 운영 방식, 이승인들의 생각에 따라 수시로 불안정해지는 저승의 국방이었지 극락이 아니었다.

"아이들이 방치되고 있다는 저 낭자의 말이 사실이더냐? 경들 중 극락을 담당하는 자는 나서서 말하라."

관중들도 극락의 관리를 본 적이 있냐고 서로에게 물었지만 본 적도 없는 사람을 말해줄 리가 만무했다. 극락을 담당하는 관리는 저승 탄생 이래 단 한 번도 없었다. 먼 옛날 사람들에게 극락은 아미타불이 불법을 설파하고 정신적 평화가 유지되는 초월적 장소였고 현대인에게는 그냥 막연한 지상낙원 그 자체였다. 지옥과 달리 체계도 분명치 않아 그 모습이 두리뭉실하고 막연했다.

"저승과 함께 한 삶이 2000년도 넘지만 극락을 담당하는 사람은 들어보지를 못했습니다. 폐하."

저승의 모든 것을 봐 왔던 서왕모가 모두를 대신해 답했다. 이 말에 옥황상제는 어질병이 날 것만 같았다.

"그 곳의 주민들에게 묻겠소. 이러한 사실을 알고 있었소?"

서로가 서로에게 묻기만 할 뿐 아무도 대답이 없었다.

"여러분은 선행의 업보로 이곳에 온 사람들 일 텐데 아이들에게 아무도 관심이 없었단 말이오. 말들 좀 해보시오."

"옥황상제님. 이것은 극락의 사람이 대답할 수 있는 것이 아닌듯싶습니다."

"그럼 누가 답해 줄 수 있나요."

"저자가 생각한 바가 있어 이렇게 된 것이 아니겠습니까."

손자가 쭈그리 자세로 있는 한씨를 가리켰다.

"네가 하고픈 말이 무엇이길래 이 범상치 않은 일을 꾸몄느냐. 네 입으로 말해보아라."

한씨는 지옥의 대왕들이 자신에게 물볼기를 치겠다고 한 순간부터 입이 굳어버린 상태다. 입을 열지 못하고 지체하자 하나가 입 모양으로 빨리 말하라고 재촉했지만 한씨는 교장 선생님 훈화를 듣는 운동장 학생처럼 입을 다물었다. 그러자 서왕모가 석가여래보다도 더 자비로운 웃음을 띤 체 한씨 곁으로 다가왔다.

"말하세요. 맞기 싫으면."

한씨는 기겁했다. 그는 아까 염라대왕의 뒤통수를 누가 때렸는지 잘 알고 있다.

"저.. 저.. 폐하. 이 이것.."

한씨가 뒷주머니에서 종이를 꺼내서 옥황상제에게 보였다. 자신의 뜻을 온전히 전하지 못할까 봐 대결 전 날밤 써 내려간 한씨의 장문 편지였다. 그것을 펼쳐 본 옥황상제는 눈이 휘둥그레졌다.

"이럴 수가!"

"왜 그러십니까. 폐하."

옥황상제의 감탄사에 신하들이 한 몸처럼 물었다.

"못 알아보겠어!"

한씨는 엄청난 악필이다. 일부 글씨는 한씨가 긴장할 때 흘린 엉덩이 땀에 번져 있어 더 보기 어려웠다. 신하들이 한석봉 수준으로 써서 올리는 상소문만 600년 넘게 봐 왔는데 한씨의 귀로 휘갈겨 쓴 것 같은 글씨를 옥황상제는 한 글자도 알아볼 수가 없었다.

"폐하. 제가 한 번 보겠습니다."

저승 최고의 학자이기도 한 손자는 한씨의 글을 쭉 살펴보고는 종이의 내용을 가리키며 작은 소리로 한씨에게 몇 가지 물어본 후 이해했다는 듯 고개를 끄덕였다. 손자는 의자 하나를 가져오게 한 후 한씨의 편지를 들고 의자 위에 올라섰다.

『지옥의 만국을 유람하고 극락의 정세를 살펴보며 느낀 바를 하늘의 제후들과 시민들께 아룁니다. 지옥의 형세는 여덟 개의 지옥 아래에 또 열여섯 개의 지옥이 있고 그것도 모자라 여덟 개의 지옥이 따로 또 있습니다. 그곳을 관리하는 판관과 관리는 수천이 넘으며 지옥의 형벌을 내리는 형리(刑吏-하급 관리)의 숫자는 기천 수십수만에 이릅니다.

 하지만 극락은 어떠합니까. 그 너비가 10억만 불토의 곱절이 넘도록 광대하여 천리 길을 걸어도 사람 하나를 만날 수가 없는데 관리하는 이 하나가 없습니다. 그런 곳에서 믿고 기댈 것은 가족뿐이라, 가족들끼리 모여 이승에서의 인연을 이어가며 기뻐합니다. 대부분 나이가 든 채 승천하여 연세 든 부모와 비슷한 나이대의 자식이 만나 같이 지내지만 가족의 사랑이 어디 가지 않기에 더없이 따뜻한 온기가 느껴집니다.

반면 이승에서 외로운 죽음을 맞아 승천한 가여운 아이들은 아무런 연고도 없이 떠돌고만 있습니다. 이런 아이들에게 극락에서 들려오는 석가여래의 설법이 무슨 소용이며 금은보화와 지천에 넘치는 음식이 무슨 소용이옵니까. 누구 하나 정을 주지 않아 일가족 중 죽는 이가 생길 때까지 수십 년을 떠도니 아이들에게는 이곳이 곧 지옥입니다.

이승에서 부모와 일가족의 사랑을 받으며 한없이 착했던 아이가 극락에 와서는 어찌 변하는지 아십니까. 저는 보았습니다. 이유 없이 화를 내고 지나가는 날짐승을 때리며 초목에 불을 질러 그것을 보며 통쾌해합니다. 폭식은 일상이 되어 풍족한 금수의 모습이 된 체 낮에는 난폭하고 밤에는 부모를 그리워하며 울며 지냅니다.

많은 분들이 '선'한 자들이 모여 있는 극락정토에서 아이 하나 보살펴 주는 이가 없었다는 것을 못 믿으실 겁니다. '선'이란 무엇입니까. 저승에서 판결되는 '선'은 보이는 것에 대한 결과일 뿐입니다. 100을 가지고 태어나 남의 것을 훔쳐볼 기회 자체가 없던 자와 하나도 없이 태어나서

철들자마자 생존을 위해 훔쳐야만 했던 자가 인생의 결과를 공평하게 판결 받을 수 있나이까. 누워서 손만 뻗어도 탐스러운 열매와 고기가 닿는 곳에 태어난 자가 죽을 때까지 선한 인생을 살았다 하여 나무 한 그루 없는 불모지에 태어난 이의 인생을 살았을 때 남의 것을 훔치지 않을 것이라는 확신을 하실 수 있나이까. 반대로 가진 권력이 없어 남의 물건을 훔치는 죄밖에 지을 능력이 없던 자가 태어날 때부터 부모의 덕으로 권력을 가졌다면 물건이 아니라 나라인들 못 훔치겠습니까. 판결이란 만인에게 평등해야 하는데 하나의 사건이 아니라 한 사람의 인생을 판결하는 저승이 모든 이가 똑같은 경험을 했을 때 어떤 행동을 하는지 알아본 후 판결을 내릴 수 있습니까. 각자에게 주어진 인생은 극과 극을 달립니다. 이 불완전한 '선'이 모여 사는 것이 지금의 극락입니다. 극락에 모인 시민들은 자신에게 주어진 상황 속에서 죄를 짓지 않고 관심이 가는 것에 한 해 선을 행한 것이지 모두가 아이들을 대상으로 선행을 해서 이곳에 온 것이 아닙니다.

극락이 이처럼 된 데에는 막연히 '선'함에 의지하여 완벽하다고 단정 지었기 때문입니다. 현실을 보기 전에 단정해서는 아니 됩니다. 무엇을 개혁하고 무엇을 고칠지 앞아서 생각하기 전에 모든 신료가 아래 세상과 위에 세상을 체험하고 관찰해 주십시오. 그에 의해 제도가 만들어지고 운영되지 않으면 새로운 제도 역시 언젠가 초심은 사라지고 껍질만 남은 채 썩을 것입니다.』

손자의 말이 끝나자 사람들은 땅을 보며 쥐 죽은 듯 서있었다. 몇몇 신하들은 관복에서 휴대용 지필묵을 꺼내 무언가를 적기도 했지만 기침 소리 외에 아무 소리도 들리지 않았다.

"혹시 여기 낭자가 돌보는 아이들이 왔는가."

옥황상제는 한씨가 말한 현실을 보고자 했다. 하나의 동생들은 9명이서 서로 손을 잡고 언니, 누나의 시합을 보러 와 있었다. 자기들끼리만 지내다가 많은 사람들 앞에 나서는 것이 부끄러웠는지 평소의 천방지축 행동과는 다르게 아이들은 종종걸음으로 나타삼태자의 안내를 받으며 옥황상제 앞에 섰다. 관중들 상당수는 아이들을 매우 신비하게 쳐다봤다. 한씨의 편지에 쓰여 있는 데로 수명이 다 돼서 죽은 가족끼리 씨족을 형성하여 광대한 극락에 모여 살았기 때문에 아이들을 수십 년 이상 보지 못한 경우가 대부분이었다.

"너희들 혹시 이 할아버지한테 부탁하고 싶은 거 없느냐."

옥황상제의 질문을 받은 아이들은 많게는 15살에서 적게는 4살 아이들이었다. 아이들은 자신에게 말을 걸어주는 어른을 너무 오랜 만에 만나는 데가 옥황상제 뒤에는 험상궂고 덩치 큰

이들이 많아 얼굴이 잔뜩 굳어 있었다. 그때 손가락을 물어뜯던 가장 어린 막내 남자아이가 손을 들었다.

"부탁이 뭐에요?"

"부탁은 소원을 말하는 거란다."

"그럼 저 있어요."

"그래. 뭔데?"

"안아주세요."

아이는 옥황상제의 옷자락을 끌어당기며 말했다. 그러자 옥황상제의 얼굴에서는 기쁨과 슬픔, 놀람과 부끄러움, 분노와 뉘우침이 뒤섞여 탱탱한 얼굴 속에 숨어있던 주름이 감정의 숫자만큼 일곱 번 춤을 추었다. 그는 애써 눈물을 참으며 아이를 안아들었다. 그러자 아이는 자그마한 손으로 옥황상제를 목을 꼭 끌어안고 그의 면관(황제가 쓰는 12줄 관모)을 만지작거렸다.

"할아버지. 이 모자 무거워 보여요. 왜 쓰세요."

"그러게. 내가 왜 이 모자를 쓰는 걸까."

아이의 말은 옥황상제를 울컥하게 만들었다. 그는 면관을 벗어 나타삼태자에게 넘겼다. 그리고는 진광대왕에게 다가갔다.

"아이 안아본지 얼마나 됐나."

"기억이 잘 안 납니다.."

"그럼 한번 안아봐."

진광대왕이 손사래를 쳤지만 옥황상제는 괜찮다며 아이를 그에게 맡겼다. 진광대왕은 아이가 팔에서 빠져나갈 가봐 어쩔 줄을 몰라 했다. 아이는 지옥의 대왕들 중에서도 가장 험상 굳은 진광대왕과 마주하고도 안긴 것이 마냥 좋은지 그의 눈이며 볼이며 여기저기를 침 묻은 손으로 쓰다듬었다. 관중들은 과거 진광대왕에게 재판을 받으면서 그가 호랑이 같은 눈을 부라리고 용의 비늘이 난 혀가 밖으로 튀어 나오도록 무섭게 취조하는 모습만 봤기 때문에 그 모습이 매우 낯설었다. 관중 중 한 명이 웃자 웃음이 전파되며 동네 잔치집 분위기가 되었다.

"느낌이 어때."

"따뜻합니다."

"이 아이와 연꽃이 어떻게 다르겠는가."

진광대왕은 혀를 굴리면서도 쉽게 대답하지 못했다. 그는 이승에 있을 때 부처의 11번째 제자로 본명은 '바타'다. 부처가 자신의 후계자를 결정하기 위한 설법에서 제자들에게 아무 말 없이 연꽃을 들어 보였을 때 '바타'는 그 연꽃의 아름다움에 매료되어 집에 있는 식구들에게 만 마디 말로 그 아름다움을 설명했지만 아무도 그 아름다움을 이해하지 못하자 자신의 설명이 한 번의 경험만 못하다는 것을 깨달았다. 그는 그날로 인도 남쪽의 가장 가난한 마을로 가 그곳의 이장이 되어 빈자들을 보살피며 평생을 보냈다. 진광대왕은 아이를 안게 되자 말이 아니라 현장의 경험에서 진리를 찾고자 했던 지난날의 자기 자신을, 너무 높은 자리에 앉아 채찍만 들고 살아오며, 잊고 지내왔다는 것을 수천 년 만에 알게 되었다.

"염라대왕님은 어째서 저 소녀를 동정하였습니까."

"사연을 듣고 질질 짜다가 오지랖이 발동해서 그만. 에휴. 일이 아무튼 정말 커졌네요."

염라대왕은 모두에게 미안한 마음에 '허허'거리며 호탕한 웃음을 선보였다. 이승에서 정치가로서만 살아왔던 염라대왕은 판관직을 맞기 전에는 극락의 쾌락은 마다한 체 극락 한 귀퉁이에서 가부좌를 틀고 참새가 물어다 주는 쌀알만 먹으며 참선만 하며 지냈었다. 진광대왕은 그간 염라대왕이 극락에서 참선만 하느라 저승 물정을 모르는 호인으로만 생각했는데 이번 일로 자신과 비슷하면서도 다르다는 생각이 들었다. 진광대왕도 이장으로 일할 때는 옆 나라의 현인들이 그에게 조언을 구하러 강과 산을 넘어올 정도로 지혜롭고 서글서글한 성격으로 유명했는데 저승의 관직에 오른 이후로는 사지를 갈라도 시원찮은 악인을 너무 많이 봐와서 그런지 누구보다도 엄하고 사람을 동정하지 않는 성격으로 변해 있었다.

"대왕의 이름이 역사에 남지 않은 것이 안타깝습니다."

염라대왕의 본명은 '파탓'이다. 그는 아소카왕(인도를 통일한 최초의 왕, 통일 이후 근대적인 의미의 아동 복지, 동물 보호, 공원을 설립하고 선정을 베풀었다) 시절 인도의 지방 태수로 재직하면서 전쟁으로 인해 어려워진 가정을 자비를 쏟아 보살피고 특히 아이들을 예뻐했다. 지방 순찰을 하던 아소카왕이 고위 관리가 머무는 공관을 보육원으로 내어주고 본인은 보리수나무 아래에서 잠을 자던 태수 파탓에게 감동하여 그를 재상으로 임명하고 고아들을 돌보는 정책을 전담하게 하였다. 그는 아소카왕의 치세를 훌륭하게 보좌하여 자비의 신이 내린 제1신하라는 별칭까지 얻었다. 글을 몰랐던 그는 드넓은 제국의 방방곡곡을 뛰어다니며 지역별 상황에 맞는 정책들을 잘 펼쳤지만 그 정책들을 문서화하지는 못하여 그의 복지 정책은 한 세대 만에 끝나고 본인의 이름 또한 남기지 못한 체 눈을 감았다. 저승에 와서는 이승에서 정치하느라 못했던 참선수행을 2000년간이나 하다가 신선한 인물을 찾던 현 옥황상제에게 발탁되어 염라대왕이 되었다.

"대신들은 들어라. 나는 이곳에 온 후 극락의 청사촌에서 손 선생을 만나 동쪽의 현인들과 학문을 나누는 즐거움을 몇백 년이나 누리며 지내왔다. 그러다 황공하옵게도 선대 옥황상제 님의 부름을 받아 나의 능력에 맞지 않게 옥황상제로서 22년을 보내게 되었다. 하찮은 재주밖에 갖지 못했음에도 포부는 원대하여 내가 아는 모든 것을 쏟아부어 현대에 맞는 저승으로 탈바꿈하고자 했으나 대신들과 다투며 시간만 축내고 그대들을 설득하지 못하는 이유를 도저히 알지 못했다.

그러다 오늘에서야 깨달았다. 내가 그대들에게 말한 개혁에는 제도만 있고 인간의 온기가 없었다. 내 앞의 위인의 말대로 제도라는 것은 멈추어져 있는 것. 변화무쌍한 인간의 감정 속에 몸을 부대끼지 않는다면 나의 개혁 또한 시간이 지나면 썩기 마련이다. 난 이제부터 지옥과 극락의 주민을 가리지 않고 만나며 이승의 사람과 오래 대화하기를 꺼리지 않겠노라. 또

한 그대들이 식견이 틀렸다고만 생각하지 않고 생각을 묻고자
한다. 내가 앞으로 어떻게 나아가면 좋겠는가. 그리고 그대들
이 반대한 한씨를 어떻게 함이 좋겠는가."

옥황상제의 진지한 발언과는 다르게 연무장의 분위기는 너무
화기애애해져서 하나의 동생들은 이곳저곳을 놀이터처럼 돌아
다니며 저마다 신하들을 비롯하여 주위에 있는 어른들을 한 번
씩 다 안아보느라 웃음꽃이 폈다. 그중에서도 엄마 향기가 나
는 서왕모의 인기가 가장 좋았다. 여러 대왕들은 머뭇거리며
무언가 발언을 하고자 했지만 이런 다정한 분위기를 너무 오랜
만에 느껴보는지라 감정과 생각을 정리하지 못했다.
"진광대왕님은 어떻게 생각하시나요."
서왕모는 아이들의 머리를 일일이 쓰다듬으며 가장 격렬히 반
대했던 진광대왕을 쳐다보았다. 진광대왕 특유의 팔자 눈썹은
어느새 일자 되어 있었다.
"대왕님?"
진광대왕은 이승에 있을 때 이장으로 일하며 주민들과 함께 했
던 시절의 추억에 잠시 잠겨있었다. 서왕모가 불러도 진광대왕
이 대답이 없자 옆에 있던 초강대왕이 진광대왕을 흔들어 깨웠
다. 그러자 자다가 얼음 물에 담가진 사람처럼 깜짝 놀라 고개
를 들었다.
"죄송합니다. 갑자기 옛날 생각이 나서."
"석가의 제자 일 때 생각인가요 아니면 이장님으로 일하실 때

생각인가요."

"두 시절의 저와 이런저런 이야기를 나누었습니다."

서왕모는 진광대왕의 인간적인 대답이 의외였다. 그가 이승인들의 풍속을 비난하는 건 수없이 들었지만 속마음을 이야기는 건 처음 부임하여 속앓이를 할 때 빼고는 없었다.

"뭐라 하던가요."

"'그 동안 수고 많았다. 다시 한 번 이전의 너로 돌아감이 어떠한가.' 이러는 군요."

"네?"

"저는 속세를 떠나 수행했던 동기들과 다르게 이장으로 일하며 사람들과 어울리고 세상이 돌아가는 이치를 피부로 느끼며 살아왔습니다. 가장 중요하게 여긴 것도 '직관'이었죠. 한데 여기 와서 판관이 되고 나서는 감정이라는 것을 하찮게 여겨 원칙을 제외한 것은 모두 무시하고 지내다가 아이들의 온기를 느끼고 나서야 무엇이 잘못되었는지 알게 되었습니다. 너무 한 자리에 오래 머물러 인간에 대한 이해가 부족한 고인물이 된 듯합니다. 모든 것은 그 자리의 격이라는 것이 있으니 저는 적당한 후임을 찾는 데로 환생하여 세상 속에 다시 발을 담그고자 합니다. 그리고 저 한씨라는 인물은 행동이 가볍고 담력은 부족하며 작은 일도 못해 낼 것 같았으나 말보다 더한 것으로 사람을 설득하는 재주를 갖추었고 강한 책임감을 가졌으며 누구보다 사람을 동정하고 사랑할 줄 아는 인물로 느껴집니다. 옥황상제의 선견지명이십니다. 원래 '대장군'을 보좌하기 위해 폐하께서 눈여겨본 인물이니 대장군의 처결에 따라 대우함이 좋을 듯합니다."

"선위까지 하실 것까지야.."

한씨는 진광대왕이 자신 때문에 물러나기로 결심한 듯한 발언을 하자 사장님이 인턴 직원이 보기 싫어서 퇴사하겠다는 걸로 보였다. 한씨가 미안한 마음에 울상이 된 것과 다르게 신하들과 시민들은 진광대왕의 은퇴 결심 발언을 듣고는 우레와 같은 박수를 쳐댔다.

『시민2 박개똥님 : 내가 저 마음 잘 알아. 노비로 살다가 평민 됐을 때 느껴봤어.

초강대왕 : 내가 먼저 말할걸. 난 왜 저 생각을 못 했지.

도시대왕 : 나도 저런 말 할 때가 오려나.

옥황상제 : 이런! 당했다!』

한씨는 대왕들이 권력을 지키고 싶어서 옥황상제와 등지고 개혁도 반대하고 자신의 헛소리도 싫어한다고 생각했는데 진광대왕의 은퇴 발언이 부럽다고 하니 그 심리가 해석이 안 되었다. 그래서 가장 만만한 염라대왕을 해석을 요청했다.

"네 생각에 판관직 선위하려면 몇 년 걸릴 거 같냐."

"한 1년?"

"이승인답게 속 편한 말만 하는구나. 백 년은 걸린다."

염라대왕은 명부의 대왕이 되려면 얼마나 행정 이해력이 뛰어나야 하고 사람도 부릴 줄도 알아야 하고 이승에서의 선행도 많이 했어야 하는지 설명해 주었다. 그런 기준에 맞는 사람은 하루에 만단 위로 죽은 사람이 오는 저승에서도 50년을 기다려야 한 명 나올까 말까 하다. 그런데 선위에 50년이 더 걸리는 이유는 순진하기까지 해야 돼서다.

"능력 갖추고 착한 사람이면 됐지 왜 순진하기까지 해야 되나요?"

"야. 너 같으면 이승에서 뼈 빠지게 일하다가 하늘나라 와서 겨우 편해졌는데 대왕 맞아서 죽은 사람들한테 쌍욕은 있는 데로 다 먹고 휴일도 없이 일하고 싶냐. 순진한 사람이나 정의감에 불타서 맞겠다고 하지. 아휴. 나도 참선이나 더 할걸."

한씨는 입에서 '학!'소리가 나왔다. 생각해 보니 '나 권력 좀 있어'하고 말하려면 권한도 많고 누리는 것도 많아야 하는데 저승의 판관직은 책임만 많고 누리는 것은 하나도 없다. 물자가 넘쳐서 부의 축적이 의미 없는 극락에서 벼슬을 맞는 건 사명감이 넘치면서 순진한 사람이나 하는 짓이다. 염라대왕은 한씨에게 이런저런 설명을 하다가 옥황상제 몰래 눈물을 훔쳤다. 염라대왕도 옥황상제의 꼬임에 빠져 판관직을 맞았다.

염라대왕의 등을 토닥여주는 한씨를 바라보던 손자가 자신의 앞으로 한씨를 불러 세웠다.

"너는 사람을 이론으로 설득하기 힘들다는 것을 알고 행동으로 우리를 설득했다. 허를 찌르는 기기묘묘함은 병법의 그것과 책사의 그것이 합쳐진 것을 넘어서며 인간에 대한 애정은 서왕모님의 그것과 같았다. 너는 평소 따로 병법을 연마하였느냐. 책사의 길을 배운 적이 있느냐. 스승님이 있다면 그는 누구냐."

"손자병법 '시계 1편, 장수란 지혜와 사랑과 용맹함을 갖추어야한다.', '군형 4편, 상대의 장점이 약점이 되는 순간을 공략하라.' 모공 3편 만반의 준비로 방심하고 있는 적과 싸우는 자 반드시 승리한다.' 모두 제 앞에 계신 분께서 알려주신 것입니다."

손자는 한씨가 자신의 병법을 줄줄 읊자 그 내용에 놀랐다. 한씨는 손자의 병법을 책에 나온 그대로 말하지 않고 응용하여 말했다. 손자는 시대를 뛰어넘은 이 제자에게 감동하였다.

"사랑해요. 손자님."

한씨는 손자를 와락 껴안으며 성공한 손덕후로서의 모습을 드러냈다. 한씨는 대결 전날 저승 개혁을 위한 상소문 쓰는 것보다 손자에게 하고픈 말을 외우는데 훨씬 많은 시간을 썼다. 손자도 한씨를 껴안으며 그를 인정했다. 이 둘의 포옹에 연무장 안은 감동의 물결이 일며 다시 선녀들이 날아올라 악기를 연주하고 신선들이 피리를 불며 하늘에서는 꽃비가 5월의 봄비처럼 향기를 머금은 체 흐트러지게 내렸다. 이 두 사람의 결투는 훗날 저승 세계에서 '산 한씨가 죽은 손자를 존경했다.'라는 말을 만들어낸다.

"옥황상제님의 사람 보는 안목은 내가 따라잡을 수 없는 수준이로다. 상제께서 이자를 믿고 이끄신 이유를 알 것 같습니다. 영명하시옵니다. 폐하."

"영명하시옵니다. 폐하"

"영명하시옵니다!"

손자와 진광대왕의 인정에 상황은 바뀌어 한씨를 비판하던 문무백관들도 한씨를 칭찬했다. 옥황상제는 박수를 치며 따뜻한 마음으로 어른들을 감동시킨 하나에게 '옥성대공'이라는 이름도 어려운 명예직을 내리고, 한씨에게 '천상옥성대부'라는 명예직을 내리며 그의 승리를 공식적으로 선언하였다. 그러자 사람들은 하나와 아이들을 꽃가마에 태우고 한씨를 금빛 머리칼을 가진 백마에 태운 체 연무장을 돌며 '한씨 만세'를 외쳤다. 한씨는 이 꿈같은 현실에 적어도 이 순간만큼은 이승에서보다 더 행복했다.

#최종화 : 저승인들의 배웅

옥황상제는 한씨의 승리를 축하하기 위해 큰 연회를 열었다. 연회장에는 옥황상제를 호위하던 남자 무사들 사이에 선녀 복장을 한 호위 무사들이 하나와 비슷한 화장을 하고 무기를 숨긴 체 서 있었다. 하나는 완전 빨간 원톤 립스틱과 아주 하얀 화장을 버리고 투폰 립스틱에 내추럴 한 화장을 하고 나타났다. 전부 한씨의 최신 이승 화장술 정보 덕분이다. 한씨는 도인 같은 하얀 옷에 황금색 실로 공작이 잔뜩 새겨진 펑퍼짐한 옷을 입어서 고급 찐빵이 걷는 것 같았다. 지나가던 사람이 한씨의 호리병처럼 튀어나온 골반에 부딪히고 넓어진 어깨에 부딪혀서 여러 번 쓰러졌다. 옥황상제는 최후의 만찬에 나오는 식탁처럼 생긴 넓은 테이블에 대신들과 앉아 폭식을 즐기고 있었다. 옥황상제가 자신의 옷에 파묻혀 뒤뚱거리는 한씨를 보자 웃으며 손짓으로 불렀다. 옥황상제 앞에 선 한씨는 그의 코스 요리를 보고 맛집 촬영하는 걸로 착각했다.

'이야.. 이분은 뭐 고기를 세숫대야에 담아드시네. 양손으로 잡고 드시다니., 이승에 있을 때 못 드신 한을 저승 와서 풀다가 이렇게 살이 찌셨나.. 이미 죽은 몸이니 안 먹어도 되지 않나?"

한씨는 걸신들린 듯이 고기를 먹는 옥황상제의 모습을 보며 저승인의 소화 기능이 궁금했지만 호기심은 그만 멈추고 이승으로 돌아가고 싶어 질문을 생략했다.

"크헉. 버리지 말게. 이따 또 먹으려고 남긴 거니."

옥황상제는 한씨와 대화를 나누기 위해 고기 섭취를 멈추고 입을 닦았다.

"보이나. 이제 자네가 저승 개혁의 적임자라는 것을 반대하는 사람은 아무도 없어. 손자와 함께 국방 개혁과 저승의 행정 개혁을 위해 남아주는 게 어떻겠는가."

"정말 황공하오나.. 제 가족들과 살다가 50년 후쯤에 그 말씀하신 것을 들어드리면 안 되겠나이까.."

한씨의 대답에 옥황상제는 몸을 기울여 귓속말을 건넸다.

"그러지 말고 좀 더 생각 봐. 내가 아방궁보다도 더 큰 궁전도 하나 내어주고 좋은 짝도 맺어줄게. 내 뒤에 있는 선녀가 직장 다니다가 짝도 없이 10년 전에 죽었는데 아까 나한테 자 네가 마음에 든다고 말했어. 나이도 대충 자네 또래야. 어때?"

한씨는 살짝 고개를 돌려 자신을 좋아한다는 일진 선녀를 올려다보았다.

"힉!!!"

한씨는 그녀가 입고있는 시스루 선녀복 사이로 피가 카라멜 처럼 굳어있는 경찰 곤봉을 보고 경기를 일으켰다.

"아무래도 저는 저승 체질이 아닌 것 같습니다. 여기 온 지 2
달이나 되어 이승의 제 몸에 욕창이 생길지도 모르고 내려가
고 싶사옵니다."

"가족 때문에 그래? 어차피 다 만나게 돼있어. 미리 죽은 샘
치고 저승 생활하다가 나중에 극락에서 가족들 다 같이 만나
는 거랑, 지금 내려가서 이승에서 조금 같이 살다가 나중에
저승에서 또 만나는 거랑 뭔 차이야. 이승은 짧고 저승은 길
다고. 당장 저승 생활 시작해도 정신 차려보면 금방 가족들
만나게 돼있어."

한씨는 옥황상제의 스카웃 제의를 계속 거부하기가 미안했던지
똑바로 말을 못하고 중얼거리며 답했다.

"흐어흐흐흐허..흐흐흐"

"뭐라고?"

"상제님은 흐허허흐흐..흐허허..하신지요.."

"아 뭐라는 거야."

한씨의 웅얼거리는 말을 상제가 이해 못 하자 답답했던 육선녀
중 한 명이 나섰다.

"아저씨. 내 귀에 대고 말해봐."

"속닥속닥."

"아아.."

"뭐라고 하는가?"

"상제님은 내일도 밥 처먹을 거니 오늘은 굶자고 하면 굶을

건가요. 개발. 이러네요."

"그런 적 없사옵니다!!"

한씨는 온 몸을 동원해 자동차 와이퍼처럼 가로저으며 그런 식으로 말한 적이 없다는 의사 표시를 했다.

"허허.. 저 소심한 자가 그렇게 거친 표현을 썼을 리가 있나. 자네들 말투로 해석해서 내뱉은 거지?"

옥황상제가 선녀들을 쏘아 보며 말했다.

"죄송합니다. 폐하.. 제가 이승의 말버릇을 못 버려서.. 그만.."

"한번만 더 그런 표현 쓰면 모두 다 좌천시키겠어. 조심들 해."

선녀들은 좌천이라는 말에 기분이 상했는지, 옥황상제를 둘러싸고 바닥에 철퍼덕 앉아 쥐를 잡는 고양이의 눈빛을 상제에게 보냈다. 그녀들 말대로 이승에서의 버릇이 또 튀어나왔다. 옥황상제는 치마 입고 양반다리 한 여자들은 태어나서 처음 봤다. 자신의 의자 팔걸이에 턱을 올려놓고 쳐다보는 선녀가 제일 무서웠다.

"내가 말이 좀 심했지.. 생각해 보니 버벅거리며 말한 저 인간이 제일 나쁜 놈이야.."

"영명하시옵니다. 폐하."

옥황상제의 현명한 결론에 선녀들은 다시 착한 선녀가 되고 한씨는 나쁜 놈이 되었다.

"자네는 가족이 그리 좋은가?"

"상제께서는 이승이 있을 때 가족이 싫으셨나요?"

"난 이승에 있을 때 왕족이었어. 내 아버님은 나를 왕으로 만들기 위해 너무 많은 사람을 죽이셨지. 저승에 오고 나서 내 아버님에게 죽은 사람들을 만나 그 한 맺힌 사연을 듣고 사후세계에 와서도 악몽에 시달리고 있네. 나는 가족이라는 단어를 떠올리면 사랑이라는 말보다는 애증이라는 단어가 떠올라."

"아버님과는 애증의 관계 일지 몰라도 어머니, 형제, 친가, 외가와는 가족의 정을 느끼신 적 있지 않으신가요?"

"자네가 말한 형, 동생, 친가, 외가를 나의 아버님이 싹 다 죽였어. 어머니는 자신의 가족을 죽인 아버지를 저주하며 사시다가 울분 속에 돌아가셨고."

"그래도 자식이나 친형제와의 정은..."

옥황상제는 왼손으로 얼굴을 감싸고 땅을 쳐다보며 그만 질문하라는 듯 고개를 가로지었다. 한씨에게 옥황상제가 말한 왕가의 모습은 TV에 나오는 재벌가의 이야기처럼 현실감 없는 이야기로 보였다.

"그렇다면 상제께서는 지금도 변함없이 너무나 사랑하는 존재가 있으시옵니까.."

"백성들이지."

"상제께서 그들을 굽어살피시고 사랑하신 이유는 무엇이었사옵니까?"

"그들이 나와는 달리 가족들과 서로 사랑하며 걱정 없이 행복하게 살기를 바라서였지."

옥황상제는 이승에서 1만 번 이상의 선행을 한 사람만이 될 수 있다. 지금의 옥황상제가 백성을 너무나 사랑한다고 말한 것은 정치인들이 철마다 거짓으로 말하는 뻐꾸기 메시지가 아니라 진심이었다.

"그 온정을 저에게도 베푸시어 이승의 가족들과 함께 할 수 있게 놓아주실 수는 없으신지요.."

한씨는 음식을 집던 젓가락을 내려놓고 말했다. 상제는 자신이 본말이 전도된 요구를 계속했다는 것을 깨달았다. 여태까지 말한 자신의 요청이 잘못되었음을 깨닫고 손으로 이마를 쓸어내렸다.

"미안하네. 정말 미안해. 그대의 사랑하는 가족에게 돌아가도록 하게. 그대의 가족들을 원 없이 사랑하고 나중에 나를 찾아와주게."

상제는 한씨의 손등을 쓰다듬으며 자신을 여러 번 깨우쳐 준 이 이승의 인물에게 감사를 표했다.

"옥성대부 한씨를 위해 그가 만난 이들을 불러 배웅케 하라!"

옥황상제의 명령에 염라대왕, 한씨를 잘못 데려온 저승사자, 지옥 투어를 도운 선임 저승사자 호군, 염파 장군, 회오리 체인 하나, 손자, 옥황상제의 전 보디가드 이랑진군, 현 보디가드 6 선녀, 그 외 한씨를 비난했던 문무백관들이 나와 배웅해주었다.

"모두 감사했습니다. 저승에서의 모험을 잊어야 하겠지만 잊지 못할 것 같아요."

"우리도 자네를 잊지 못할 거야. 내 개인적인 생각으로는 자네는 이승에서 미친놈 소리를 많이 듣게 될 것 같아."

옥황상제는 한씨에게 들은 저승에 대한 질문들을 떠올리며 솔직한 속내를 밝혔다.

"이미 많이 듣고 있어요.."

"자네가 어제 써서 내게 준 '저승 개혁안 120'은 정말 명문이었네. 잘 연구할게."

"부족한 실력이지만 생각나는 데로 써드렸습니다. 좋은 평 감사합니다."

"근데 개혁안 중에 환생한 사람들 모두가 저승에서의 체험을 기억하게 한다든지, 저승의 존재를 이승인들에게 알려주는 것은 하지 못할 것 같아. 저승이 실존한다는 것을 미리 알면 이승에서 착하게 살지 않겠냐는 자네의 말에 일부 동의가 되지만, 이승인들은 저승의 모습을 자신들에게 유리하게 꾸미는 꼼수를 연구할 거야. 왜냐하면 저승은 인간들의 공통된 생각이 모여 만들어진 세계니까."

"그럼 저도 지금 이승으로 내려가면 전부 기억을 잃겠군요.."

"너무 서운해할 필요 없어. 다른 사람이 말해주었는지 모르겠는데 저승에서의 감정적인 흔적이 남는 경우가 많아. 단시간 죽었다 살아난 사람들 중 일부가 저승의 모습을 묘사하고 그러지 않던가."

"아마 만둣집을 지나갈 때마다 상제님을 떠올릴 것 같아요."

"난 항상 자네를 떠올릴 거네. 이승 시간으로 따지면 2주 정도 같이 시간을 보냈지만 저승 인생 600년을 통틀어 가장 박진감 넘치는 기간이었어."

옥황상제는 한씨를 껴안으며 그동안 쌓인 미운 정을 드러냈다. 한씨는 자신이 죽으면 저승에 오자마자 출세할 것이라는 생각에 노후가 든든하면서도 이승에서는 보잘것없이 살다 올라올 가봐 걱정되었다.

"자네를 보기 위해 여러 사람이 왔네. 한 명씩 인사 나누게."
염라대왕이 멋진 슈트 차림으로 나타났다.

"잘 내려가. 나의 실수는 그냥 실수가 아니라는 것을 자네 말 듣고 깨달았어. 앞으로 배심원도 두고 이승의 바뀐 윤리관도 참고하면서 판결에 더 신중을 기할 거야."

"저를 옥황상제께 천거해 주셔서 감사해요. 이승에서도 인정받아 보지 못했는데 저승에서 이렇게 인정받아 볼 줄이야.."
한씨는 눈시울을 붉히며 눈물을 훔쳤다. 원래 찌질이가 인정받으면 감정 조절이 잘 안된다.

"요즘 이승이 워낙 빨리 변하다 보니, 시간이 지나고 지나면 저승도 많이 변할 거야. 앞으로 다가올 가장 큰 변화가 무엇일 것 같나? 자네 생각에."

"저승 역사상 최초로 여성 옥황상제와 여성 염라대왕이 탄생할 것입니다."

"오.. 그럴듯해.."
이제 문무백관들은 한씨의 의견을 듣고 시대적 변화를 공감하는 눈치였다.

"혹시 또 있나?"

"저승 인구가 급감할 수 있습니다. 신체기능은 죽은 상태지만 뇌에 컴퓨터를 연결해 전기신호로 뇌는 살아있는 상태를 유지할 것 같거든요. 나중에 좋은 신체가 나오면 뇌만 탑재해서 계속 살지 모릅니다."

"안 그래도 평균 수명이 늘어서 저승 인구가 줄었는데 더 줄어들면 우리가 존재할 이유가 없어지는 거 아냐?"

"아닙니다. 일이 줄어들어서 시간적 여유가 생기겠죠. 모두 지금부터라도 워라벨(Work-life balance, 일과 삶의 균형) 하십시오."

"야호!! 만세!!"

"저승 만세!!"

한씨스러운 생각의 전환을 통해 놀 수 있는 시간이 늘어난다고 말해주자 신하들은 환호성을 내질렀다. 이 모습을 옥황상제는 콧수염을 쓰다듬으며 지켜보았다.

"옥성대공이 하고 싶은 말이 있다는 구만."

옥성대공이 된 하나는 국방색 선녀 복장을 하고 한씨 앞에 나타났다. 그녀는 저승의 천공대장군이 된 손자 아래에서 군사들에게 무술을 가르치는 무술 교관이 되었다. 그녀가 모습을 드러내자 어디서 왔을지 모를 팬들이 체인 굿즈를 들고 진주 빛깔 권하나를 외쳤다.

"진짜 고마웠어. 너 아니었으면 내가 직접 싸워야 했을지도 몰라."

"이상한 소리 하지 마시고 제가 말했던 거 기억하시죠."

그녀는 낯 뜨거운 대화에 익숙하지 않았다. 쌀쌀맞은 대답과 반대되는 파스텔 톤의 꽃다발이 그녀의 등 뒤에 수줍은 아이처럼 숨어 있었다.

"그런 무리한 부탁을 어떻게 잊겠어. 당연히 기억하지."

"무리한 건 아는데 불가능한 건 아니잖아요. 이승으로 떨어지면 노력이라도 해보세요."

하나는 한씨에게 이승으로 내려가면 자신을 보살펴주고 인간 만들어준 강수니 선배를 찾아가 지금 잠든 상태지만 선배를 존경하고 보고 싶어 한다고 전해달라고 했다. 한씨에게 이 요청은 해외 토픽에 나와달라는 걸로 보였다.

하나는 죽은 몸이 아니라 코마 상태이기 때문에 한씨와 함께 이승에 내려가는 것이 맞지만 저승에서 자신이 돌보는 아이들이 자신과 헤어지는 것을 마음으로 받아들이지 못한 상태이기 때문에 이승 시간 기준으로 6개월간 저승에 더 머물기로 했다. 한씨가 이승으로 돌아갔을 때 혹시라도 저승의 기억을 조금이나마 가지고 있다면, 수니 선배에게 자신의 말을 전해줄 수 있지 않을까 하는 어린이 같은 기대를 했다.

"저승에서의 기억은 흔적만 남는다고 하니 잘 될지 모르겠어."

하나는 뒤에 숨겨두었던 꽃다발을 한씨에게 전해주었다. 한씨가 꽃다발에 코를 묻고 냄새를 맡자 편지가 보였다.

"이승으로 내려가실 때 이 편지를 보면서 내려가 주세요."

매우 긴 편지의 내용은 대략 '수니 선배. 저 지금도 선배님을 존경하고 좋아해요. 요즘 남자 만나시던데 그 남자와 잘되기 바랄게요. 그 남자 제 취향은 아니고 너무 느끼하지만 좋은 사람인 것 같아요.'라는 내용이었다.

"이거 보면서 내려가면 기억하는데 조금 도움이 될까?"

"도움이 될 수도 있을 거네. 보통 꿈을 꾸고 깨어나면 다 잊지만, 돼지꿈처럼 강렬한 것은 잔상이 남지 않던가."

옥황상제가 하나의 말을 거들었다. 한씨는 그런 이야기를 서프라이즈 같은 TV프로에서 재미로만 보았지 진짜 가능하리라 생각해 본 적이 없었다.

"아무래도 편지 내용을 기억해 내서 그 선배에게 직접 전달하기는 힘들 거야. 차라리 소설 같은 것을 쓰다가 갑자기 이 편지 내용을 떠올리며 소재로 쓰게 되는 게 현실적이지. 그 선배도 이 편지 내용이 소설로 나오면 자기 이야기라는 것을 눈치채지 않을까?"

"소설이요?"

"그래. 자네 어렸을 때부터 작가가 되고 싶어 했잖아. 이승에 내려가면 저승에서의 경험이랑 하나 낭자의 이야기를 소설로 써보게."

"게으른 데다가 맞춤법도 틀리는 제가 어찌 작가 같은걸 하고 싶어 하겠나요."

"거짓말하지 마. 자네 어렸을 때부터 작가로 성공하고 싶어서 아주 환장했잖아."

"어찌 그걸?"

"나 옥황상제야!"

한씨는 상대가 전지전능한 저승의 지존이라는 것을 깜빡했다. 옥황상제는 한씨가 무슨 생각을 하며 자랐는지 조사 명령만 내리면 다 알 수 있었다.

"내 말 맞지?"

"네.."

한씨는 친구들이 오락실 가느라 바빴을 때부터 작가로 성공하는 게 꿈이었다. 원하는 성공의 정도가 터무니없을 정도로 커서 남들에게 말 못 하고 지냈다.

"자네가 나한테 많은 것을 해주었으니 나도 자네가 작가로 성공할 수 있는 방법을 알려주지."

"그게 뭔가요?"

한씨는 작가가 될 수 있다는 말에 너무나 두근거리고 설레어서 저승인에게는 없는 감정인 화장실 배변 욕구가 샘솟았다.

"자네는 결정 장애에다가 게으르고 새로운 사람 만나는 걸 대단히 꺼려. 맞지?"

"네."

"그러니 어느 정도 자네를 이끌어 줄 수 있는 사람들과 단체가 필요해. 요즘 사람들은 이상한 물건으로 동호회 같은 걸 만든다지. 거기에 숫자로 된 이름을 가진 글쓰기 모임이 있을 거야. 거기 가입하게."

"모임 이름이 뭔가요?"

"구체적으로 아는 것보다는 궁금증을 가진 체 내려가는 게 기억을 떠올리데 더 효과적이야. 본래 이 정도도 천기누설이라

가르쳐 주면 안 되는데 자네가 악용하지 않을 거라는 걸 아니까 내 권한으로 특별히 알려주는 거야."

"그래도 모임 이름만은.."

"거참.. 그럼 모임 이름만 알려줄게."

"감사합니다!"

"염라대왕. 그 모임 이름이 뭐랬지?"

"사각사각입니다."

"아 그래. 사각사각."

"사각사각이요? 무슨 모임 이름이 그따위인가요? 칼잡이 모임인가요?"

"내 생각에도 이름이 별로긴 한데 거기 운영진들 감각이 그 정도인데 어떡하겠나. 내가 거기 가라고 한 건 자네를 받아 줄 곳이 거기뿐이라 그래."

한씨는 자신을 받아 줄 곳이 왜 거기뿐인 것인지 묻고 싶었지만 한씨 본인이 상처받을 가봐 이유는 묻지 않았다.

"자네는 생각이 많은 성격이라 마음먹고도 실천하는데 백 년, 천년 걸리잖아."

"맞습니다."

한씨는 이제 자신의 단점을 떳떳하게 인정했다.

"근데 책임감은 있어서 하기로 하면 진짜 하는 성격이지."

"네."

"그 사람들이 글 쓰자고 하면 쓰고 내라고 하면 내. 그대로 따르면 2년도 안 돼서 괜찮은 작품이 나올 거야."

"시키는 대로 하면 된다 이거죠?"

"그렇지."

"저 대신 일정 정해주고 내용 검토까지 다 해주나요?"

"그럴 거네."

"정말 좋네요! 시키는 대로 하겠습니다."

옥황상제는 한씨가 착한 듯하면서도 자존심도 없는 것 같아 약간 안타까웠다.

한참을 이야기 나누다 보니 어느덧 정말 이별의 시간이 되어 한씨는 손자와 염파, 선녀들, 저승사자, 옥황상제와 한 번씩 다 포옹을 하였다.

"잘 내려가게. 60년 후쯤에 보세."

옥황상제가 이산가족을 떠나보낼 때처럼 아쉬움의 말을 꺼냈다.

"잘 있다 오게. 나의 제자여."

손자가 양손을 모아 한씨에게 예를 표했다.

"네. 스승님의 병법을 많이 연구하여 돌아오겠습니다."

한씨 또한 양손을 모아 인사하며 예를 표했다. 그리고 곧 한씨가 서 있던 곳이 구름으로 바뀌며 그의 몸이 뜨기 시작했다.

"아저씨 조심해서 내려가세요. 제 언니 이야기를 써주실 때 언니의 연애 이야기를 먼저 써주세요. 언니의 사랑을 먼저 축복하고 싶어요."

거센 바람이 불자 하나가 큰 소리로 마지막 부탁을 하였다.

"정말 착하구나. 제목은 무엇으로 하면 좋을까?"

"팬시(Fancy)요."

"끌리다, 원하다 할 때 팬시?"

"네."

"귀여운 제목이야. 떠오른다면 꼭 쓸게."

이때 하늘에서 무지갯빛 빛기둥이 떨어지며 한씨의 몸을 총천연색으로 물들였다. 그리고 땅이 양옆으로 열리며 이승의 모습이 보였다. 한씨는 그 사이로 서서히 빨려 내려갔다.

"모두 안녕!! 잘 있어요! 저승에서 아프지 말고 건강하세요!!"

한씨는 바람 소리와 함께 구름 사이를 뚫고 이승으로 내려가며 60년 후의 출세를 기대했다.

저승인의 에필로그

 "방금 떠났는데 저승이 너무 조용해졌구먼. 모두 돌아갑세. "
옥황상제는 그의 얇아진 배를 만지며 궁으로 돌아가기 위해 뒤
돌아섰다.
 "오랜만에 만난 동족인데 옛날이야기도 좀 나누시고 하시지
왜 안 하셨나요."
손자는 옥황상제의 속내를 아는 듯 말을 건네었다.
 "나도 그러고 싶었지. 하지만 내가 이승에서 누구였는지 말하
면 안 되잖아."
 "어차피 이승으로 내려갈 사람인데 좀 예외를 두어도 괜찮았
을 법 싶습니다."
 "예외를 두면 한도 끝도 없어. 안 되는 건 안 되는 거야."
저승법으로 정해진 것은 아니지만 역대 옥황상제와 판관들은
판결 당사자에게 자신의 출신지를 말하지 않는 걸 불문율로 하
고 있다. 연줄로 사적인 판결이 일어나는 것을 막기 위함이다.
저승의 시민 중에 옥황상제를 비롯한 대왕들의 출신지를 아는
사람은 아무도 없다.

"이승에서 성군 중의 성군으로 추앙받고 계시는데 저승에서 그 명예를 제대로 못 누리신다니 안타깝습니다."

"괜찮아. 어제 내 기념일이라고 사람들이 나에 대한 책을 잔뜩 만들었지 뭐야. 신권 보는 맛이 쏠쏠해."

이때 두 사람의 뒤로 깡충거리는 토끼처럼 그림자가 나타났다.

"두 분 무슨 말씀을 그렇게 나누세요."

"아이! 깜짝이야!"

멀찍이서 두 사람의 대화를 엿듣던 하나가 두 사람 사이에 껴들었다. 옥황상제와 손자는 하나만 나타나면 놀라는 게 버릇이 되었다.

"저는 6개월만 있으면 이승 내려가는 사람이니까 좀 알려주시면 안 돼요?"

하나의 말에 옥황상제는 식사 핑계를 대며 황급히 그 자리를 떠났다. 같이 떠나려던 손자는 한발 늦어서 하나에게 팔을 잡혔다.

"저분 세종대왕님이시죠? 맞죠?"

손자는 한국 사람이 드라마를 많이 보기 때문에 추리 능력이 셜록 수준이라는 것을 몰랐다. 손자는 복부에 한 방 맞은 듯한 짧은 호흡을 하더니 고개와 손을 절레절레하며 아니라고 강력하게 부인했다.

"맞잖아요. 뚱뚱한 체형에 고기 좋아하시고 돌아가신지 대충 600년 되었다고 했을 때 이미 다 눈치챘어요."

손자는 얼굴이 동틀 녘 하늘처럼 되어 급히 부채로 얼굴을 가렸다.

"600년 전에 뚱뚱하고 고기 좋아하는 사람이 한둘이야! 이상한 소리 그만해!"

손자가 화를 내며 말했지만 하나는 햄스터가 해바라기씨 먹을 때 같은 반달눈이 되어 야비한 웃음소리를 내었다.

"어제 상제님 이야기 나온 새 책이 출판되었다면서요?"

"그게 어쨌다고?"

"어제가 한글날이잖아요. 10월 9일."

"에헴!"

손자는 헛기침을 하더니 대꾸도 안 하고 빠른 걸음으로 앞서 걸었다. 하나는 동요 '한국을 빛낸 100명의 위인들'을 개사하여 옥황상제의 업적을 동네방네 떠들며 그의 뒤를 쫓았다.

작가와의 수다

스페셜

FANCY

  시대가 불안정할 때 언제나 세상은 고전을 찾기 마련이다. 문학의 고전, 예술의 고전, 음악의 고전. 여기 신당동에 새롭게 들어선 최첨단 시설의 대학이 있다. 이름하여 에이티즈 유니버스티(Eighties university-팔공 대학). 미국 실리콘 밸리와 테슬라의 CEO 엘론 머스크가 합작하여 만든 동아시아 고전 연구 대학이다. 이 대학은 미국의 선두 기업들이 아시아의 IT 분야뿐만 아니라 문화 사업의 선두 주자가 되기 위해 만든 동아시아 문화 학술 연구 대학이다. 학교의 모토는 '과거가 곧 미래다'였다. 이 대학은 고전을 창의적으로 해석하는 괴짜들을 사랑하여 특이한 사람들을 많이 모였다. 그중에서도 가장 유명인은 '디지털 레트로 분석과'의 신입생 김진우였다. 그는 북한이 보이는 강화군 교동도의 가장 구석진 곳에서 자란 촌사람 이었다. 그의 아버지는 대학가요제 출신에 7, 80년대 문화의 광팬이라 아들 진우도 언제나 7, 80년대 영화만을 보고 자랐다. 그 부작용으로 7, 80년대 말투를 사용하고 이상형 또한 과거에 머물러 있었다. 그의 학과에서 가장 중심 주제는 80년대 동아시아 대중문화였으니 진우에게는 덕업일치의 더할 나위 없는 장소였다. 이런 그를 사랑하는 여인이 있었는데 같은 학교의 '레트로 체육과' 학생 '강수니'였다. '강수니'는 김진우보다 2살 연상녀였다. 그녀는 이 대학에서 비석 치기, 지신밟기, 강강술래 등 전통 놀이를 연구했다.

"쑤니. 오늘도 햄스터 같은 초롱초롱한 눈망울로, 내 마음을 들 쑤셔 놓는 구운. 오 나의 흑진... 쭈우.. 내 마음을 녹이는 못된 햄스..터!"

"아잉. 몰라 몰라. 오늘 왜 이렇게 멋있게 입고 온 거예요."

진우는 연인을 쑤니라는 애칭으로 부르며 앞이 하얗게 워싱된 위아래 돌청 패션을 하고 나타났다. 포인트로 남파 간첩 같은 벙거지를 쓰고 있었다.

"내 마음만 녹을 수 있나. 쑤니의 애간장도 녹이기 위해 동묘 시장을 헤집고 다녔지."

"찐. 저 삐졌어요."

찐은 진우의 애칭이다. 쑤니는 볼에 잔뜩 바람을 넣은 채 팔짱을 끼고 뒤돌아섰다.

"아니. 내가 왜 우리 쑤니를 삐지게 한 거지?"

"그렇게 멋있게 입으면 내가 불안해서 잠을 못 잔단 말이에요."

"오오!! 나의 이 불경한 패션을 용서해줘. 쑤우니!!"

"용서 안 할래요! 나 집에 갈끄야!"

"신이시여! 제게서 쑤니를 뺏어 가실 바에는 차라리 제 눈과 귀를 가져가 주십시오. 제 발가벗은 몸으로 신께 빌겠나이다!"

찐이 갑자기 옷을 벗어 대자 쑤니는 그를 뒤에서 와락 껴안았다.

"잘못했어요. 찐을 시험한 저를 벌해주세요."

찐은 뒤돌아서서 쑤니의 턱을 한 손으로 들어 올리며 눈을 정면으로 응시했다.

"쑤니.."

"찐.."

"쑤니.."

"후웁!!"

"쭙쭙쭙!"

이들은 느닷없이 학교 정문 앞에서 격정적인 '볼뽀뽀'를 해댔다. 그들의 대화가 그냥 봤을 때는 미친놈년 대화 같지만, 이들은 항상 이런 식으로 진지했다. 연상녀인 쑤니가 찐에게 반한 이유는 그의 세상 물정 모르는 순수함에 있다.

쑤니는 중고등학교 시절 흑석동 최고의 천하장사였다. 중2 때 반에서 친한 친구들과 팔씨름을 하다가 힘센 게 소문이 나서 모르는 아이들과도 팔씨름할 때도 있었는데 이겼던 한 명이 하마터면 질이 안 좋기로 소문난 일진이었다. 사소한 걸로 앙심을 품은 그 일진은 쑤니에게 패거리를 데리고 와서는 평소 하던 데로 다른 아이들에게 쑤니의 팔다리를 붙잡게 했다. 하지만 결과는 평소와 달라서 쑤니가 붙잡힌 체 360도 턴을 5바퀴 정도 하자 그들은 풍차에 달라붙은 송충이들처럼 10m를 날아갔다. 쑤니의 인생은 이날부로 블랙홀에 들어간 실타래처럼 꼬였다. 연줄이 많았던 그 일진은 같은 학교뿐 아니라 옆 학교 애들을 불렀고 그걸로도 해결이 안 되자 옆옆 학교 일진까지 다 끌어모았다. 송충이를 계속 털다 보면 기술과 요령이 생기는 법이다. 쑤니는 시간이 지나면서 힘에다가 기술까지 추가하여 처단했다. 한 백 명쯤 처단하자 일진이 아니었던 자가 전설의 일진으로 소문이 나버렸고 일진에 괴롭힘을 당하는 아이들, 또는 그들 무리에서 도망 나온 아이들이 쑤니에게 살려달라고 애걸복걸하였고 이걸 본 사람들은 쑤니가 패거리를 모으고 있다고 수군거렸다. 현모양처가 꿈이었던 쑤니는 어떻게 해서든 이미지를 바꾸기 위해 홍차를 마시고 뜨개질하는 고전적인 방법으로 자신은 폭력에 뜻이 없다는 것을 증명하고자 했지만, 청산이 쉽지 않았다. 그녀의 남자 팬클럽이 생겨서다. 사람들은 최고의 일진이 이제는 남자까지 모으고 다닌다고 밝히는 여자라고 수군거렸다. 쑤니는 이 팬클럽에 거부감이 들었지만, 눈길을 주지 않을 수가 없었다. 못 본 척하기에는 잘생남들이 너무 우글댔다. 하지만 질이 안 좋은 연유로 생긴 것에는 질이 안 좋은 것이 모이기 마련이다. 그 남자들은 쑤니의 권력과 가벼운 만남에만 관심이 있었다. 처음에는 속는 셈 치고 만나봤지만, 자신의 이상형과는 반대되는 성향만이 나타나자 이 생활을 청산하고자 하면서도 혜택은 버리기를 망설이는 자신의 이중성에 죄책감만 쌓여갔다. 그러다가 자기 사촌 동생이 자신에게 원한을 가진 일진들에게 맞고 들어오는 일이 발생하자 그들을 일거에 제압한 후 팬클럽이고 뭐고 신경을 끊더니 재수 끝에 팔공 대학에 입학하게 되었다. 그녀의 부모님은 자신이 두 번째 인생을 사는 것 같다며 딸의 손을 잡고 눈물까지 흘렸다. 이런 우여곡절 끝에 입학한 첫 달 부전공 수업에서 만난 천생연분이 찐이다.

"뭐 저런 개찐따 같은 패션이 다 있어."
쑤니가 같은 강의실, 먼 거리에서 찐의 패션을 처음 보고 내뱉은 말이다. 찐은 이때 초오버 사이즈의 아저씨 정장을 입고 나왔다. 레트로 패션이 아니라 아버지가 입었을 법한 진짜 구닥다리 옷을 그대로 입고 온 찐을 보고 관심을 꺼버리려고 하다가 어떤 관상을 가졌길래 저러고 다니나 호기심 해결을 위해 그의 얼굴을 쳐다보다 그녀의 눈이 춤을 추었다. 선과 악을 구별시켜주는 착함이 뿜뿜 뿜어져 나오는 외모였다. 그녀가 악의 세계에 많이 접촉해 봤기에 아우라만으로도 알 수 있었다. 그녀는 찐이 꾸며주면 뻘밭의 진주처럼 환히 빛날 인물이라는 걸 한번에 눈치챘다. 찐의 레트로 분석과는 개인 홍보를 위해 의무적으로 SNS 계정을 만들어야 했는데 평생 그런 걸 해본 적 없는 찐이 허우적대자 낯가림이 없는 쑤니가 나서서 SNS 만드는 것을 도와주었다. 찐이 매일 올리는 것은 80년대 사랑 시와 알퐁스 도데 같은 낭만파 소설가의 이야기였다. 그의 문학적 소양과 순수함에 쑤니는 반해버렸고, 혹시라도 찐에게 접근하는 여자가 있으면 위협을 가하는 눈빛 현피로 정리해버렸다.

찐이 쑤니에게 처음 관심을 가지게 된 것은 그녀가 찹쌀떡처럼 하얀 화장에 피 묻은 듯한 빨간 립스틱을 바르고 다녔기 때문이다. 그녀의 화장은 80년대의 투머치 화장을 그대로 옮긴 듯했다. 거기에다가 쑤니의 CCTV 급의 감시로 인해, 이상하리만치 찐에게 말을 거는 여자가 없다 보니 외롭던 그는 자신에게 적극적인 쑤니를 진실로 사랑하게 되었다. 쑤니는 찐의 취향에 맞춰주기 위해 말투와 행동 또한 바꾸었다. 항상 남들을 완전히 압도하다가 연하남을 오빠라 부르고 앙탈 부리며 연애 판타지를 마음껏 펼쳤다.

이런 두 연인이 남자의 고향인 강화도로 당일치기 휴가를 떠나게 되었다. 그리고 돌아갈 시간이 되었을 때 하늘도 고맙게도 치킨 튀기는 소리만큼이나 큰 소리를 내며 세차게 비가 내렸다.
"찐. 이렇게 비가 많이 와서 우리 어떻게 해요."
"쑤니. 내 준비가 부족했어. 미안하지만 하룻밤 보낼 곳을 알아볼 게."
가는 날이 장날이라고 전국이 화창한데 이날 강화도에만 30년 만의 최대 폭우가 내려 모든 교통이 끊겼다. 두 사람은 서울로 못 돌아가게 되었지만, 비 덕분에 쑤니의 빅피처는 완성 직전에 왔다.
"아이. 우리 집은 엄해서 찐이랑 하룻밤 보낸다는 걸 부모님이 알면 전 쫓겨나요."

찐은 태어나서 한 번도 부모님께 통금을 당해본 적이 없다. 이틀 만에 들어오면 일찍 왔다고 부모님이 기뻐하셨다.

"오오. 안돼. 우리 쑤니. 그럼 우리 걸어서라도 서울에 갈까?"

쑤니는 갑자기 앞차기를 하며 양쪽 신발을 논두렁으로 날려버렸다.

"쑤니. 갑자기 왜 신발을 벗어 던진 거야??"

"빗물 때문에 발이 시려서요. 안아주세요."

쑤니는 찐을 와락 껴안으며 매달렸다. 이제 영락없이 두 사람은 강화도에서 하룻밤을 보내야 했다.

"어디보자.. 어디로 가야 하나.."

찐은 쑤니를 업은 체 어설픈 손놀림으로 스마트폰에 설치된 '야놀까'와 '요긴 어때'를 눌렀다.

"아이 찜승. 몰라 몰라. 언제 그런 걸 또 설치했어요."

찐은 쑤니의 반응에 어리둥절해했다. 찐이 두 앱을 설치한 건 숙박 때문이 아니라 만약을 대비해 강화도에서 놀러 갈 곳을 찾기 위해서였다.

"쑤니. 또 미안해. 내 손은 쑤니를 지켜주는 것 빼고는 할 줄 아는 게 없나 봐. 조금만 기다려줘."

두 앱을 한 번도 써본 적이 없는 찐은 로그인도 안 한 체, 한없이 메뉴 이곳저곳을 눌러 됐다. 업힌 체 이 모습을 지켜보던 쑤니는 답답했던지 한숨과 함께 찐의 스마트폰을 낚아챘다. 그녀는 능숙한 손놀림으로 로그인하여 '틱틱틱. 좌라라라락!'하는 소리와 함께 3초 만에 숙박할 수 있는 곳을 찾아냈다.

"찐. 여기로 가면 돼요."

쑤니는 GPS처럼 정확하게 가야 할 곳의 좌표를 손가락으로 찍었다. 거기에는 '현장 방문 예약만 가능'이라고 쓰여있었다.

"앙증맞은 쑤니.. 어떻게 이렇게 잘 찾는 거야?"

"아이 추워.. 쑤니는 아무것도 몰라요."

그녀는 입술을 파르르 떨며 짐짓 아픈 표정을 지었고 찐의 어깨에 얼굴을 묻었다. 폭우가 더더욱 세차게 내려 질문은 뒤로 하고 찐은 쑤니를 업은 채 10분 거리에 있던 숙박업소로 뛰어가 안으로 들어섰다.

"주인장. 여기 방 두 개 있나요?"

아픈 척 업혀있던 쑤니는 찐의 '주인장 방 두 개'라는 말에 흠칫 놀라며 눈깔이 뒤집어졌다.

'우리 찐은 확실히 보통 남자들과는 다르구나.. 이쁘면서도 개 짜증나네..'

그녀는 속으로 찐에 대한 만족감과 짜증감을 동시에 느꼈다. 젊은 사장이 나와 빈방이 얼마나 있는지 모니터로 확인했다.

"네. 마침 지금 방이 두 개 있..."

입은 만병의 화근이다. 숙박업소 사장이 방이 두 개 있다는 말 하려는 찰나 아프다던 쑤니는 번개같이 바닥으로 내려와 사장의 면전으로 접근하여 명치를 주먹으로 강타했다. '퍽' 소리와 함께 호흡이 멈춘 사장은 침 흘리며 고개를 숙였다. 쑤니는 그런 사장의 목덜미를 잡고 30만 원을 그의 가슴 주머니에 넣어주며 귓속말로 말했다.

"야. 좀 놀다 갈게. 나 이제 집에 가면 부모님께 머리 밀려. 너도 눈치 있잖아."

쑤니의 이글이글 불타오르는 불나방 같은 눈초리와 나지막한 목소리에 사장의 하늘 높이 날아갔던 영혼이 눈치를 챙기고 돌아왔다.

"다시 생각해보니 방이 하나뿐이네요. 301호입니다!"

"쑤니. 괜찮겠어?"

쑤니는 찐의 말에 말없이 고개를 끄덕이며 흡족한 표정을 지었다. 그렇게 두 사람은 폭풍우 속에 처음 합방하게 되고 칠흑같이 어두운, 자정이 되었다. 이때 두 사람의 방에서 이상한 소리가 들렸다.

"아흐흥.. 찐 못참겠어요. 죽을 것 같아."

"참아. 쑤니"

"하앍. 하앍."

"낼롬낼롬."

"후루루릅."

"아흐응!!"

"흐하어억!!"

두 사람은 머리에 손수건을 두른 채 매운 닭발과 비빔국수를 시켜 먹고 있었다. 얼마나 매운지 돈 주고 캡사이신을 시켰더니 닭발과 비빔국수가 딸려 온 꼴이었다. 이 두 연인은 우유와 쿨피스를 맥주처럼 마셔 됐다. 혹시 두 사람이 내는 소리를 이상하게 생각한 사람은 화엄경을 열 번 외우기를 바란다.

"여기 서비스 정말 최고인 것 같아요. 찐."

"그러게. 폭우가 쏟아지는데 배달해주고."

찐은 우적우적 되며 남의 속도 모르고 닭발 국물까지 다 먹어 댔다.

"찐. 이제 우리 뭐 할가요.."

쑤니는 땀 흘리면서도 풀매 상태를 유지했다.

"자고로.. 밤이란 음양의 조화이고 세상은 사랑이라는 열매를 먹고 자라지.."

"찐도 제 마음을 알고 있었던 거군요.."

"당연히 알지.. 앙증맞은 나의 종.달.새."

찐의 목소리에서는 치즈와 버터의 고소한 향이 느껴졌다. 그리고 드디어 운명의 시간이 도래하였다.

"아흥.."

"탁!"

"흡!"

"짝!"

"아앙!!"

불꽃 튀는 청춘의 정렬이 용암처럼 끌어오르고 단말마에 신음하는 두 잉꼬새의 소리가 수증기 모양을 한 하트로 변하고 있었다. 땅을 때리던 번개도 입을 다문 체 폭우 소리에 숨어 두 사람의 사랑을 숨죽이고 지켜보았다. 이따금, 아니 계속해서 복숭아의 살결처럼 불그스름한 불빛이 한밤중에 춤을 추었다. 그

춤사위 위로 물결치는 무언가가 마지막 손뼉 소리를 내며 이윽고 남자는 탈진한 듯 쓰러졌다.

'또 피박이라니.. 크흑.'

음양의 조화 대결에서 찐은 연달아졌다. 찐은 명절에 친척들과 활발히 교류하며 점 10 고스톱의 달인이 되었지만 쑤니는 친구들과 교류하며 내공을 쌓은 점 100 고스톱의 화신이었다. 찐이 아무리 잘 친다 한들 점10을 치던 사람과 점 100을 치던 사람의 마음가짐은 다른 법이다. 남친의 어설픈 실력이 귀여웠던 쑤니는 가끔 질때마다 '앙' 소리를 내며 체면을 살려줬다. 혹시라도 두 사람이 내는 소리를 다른 소리로 오해한 사람은 요한복음 12장 24절을 열 번 외우기를 바란다.

'찐은 왜 이렇게 흑심이 없어..'

쑤니는 끝까지 고스톱만 치는 찐에게 약간 열을 받았다. 무언가를 말하기 위해 입을 벙긋거리는데 갑자기 쑤니의 핸드폰으로 연속해서 카톡이 왔다.

『흑석동 일진 연합회 초대장
  흑석동 노들 고교, 강남 재패 7주년을 기념하기 위해
  이번 주 금요일 노들 타워에서 모임이 있습니다.

  ※ 연장 필히 지참』

그녀의 어두운 과거가 너는 거기 있을 자격이 없노라 말하며 다가왔다. 쑤니는 이 알 수 없는 메시지를 맨손으로 숯불을 만지는 것처럼 다급하게 삭제했지만 카톡은 쉴 새가 없었다.

'카톡'
'누님 도와주세요! 지금 보내드린 초대장이 날아왔는데 이번 주에 안 오면 인생 끝장날 거래요.'
'카톡'
'언니. 우리 집 우편함에 죽은 쥐랑 초대장이 들어있어요 ㅠ 저 어떡하면 좋죠. 엄마가 알까 봐 미치겠어요.'
쑤니는 스마트폰 액정에 쉴 없이 뜨는 카톡 내용을 보고 기겁했다. 이들은 일진을 탈퇴하면서 쑤니에게 보호를 요청한 동생들이었다. 모두 같은 초대장을 받고 패닉 상태였다.
'이것들이 내 연애 망치려고 작정했나.'
쑤시는 불안에 떠는 동생들이 걱정되면서도 자기 연애도 걱정되었다. 안절부절못하는 쑤니를 보고 쭌이 슬쩍 폰을 들여다보았다.
"쑤니. 안 좋은 문자 왔어? 답장하지 그래."
쑤니는 화들짝 놀라 폰을 덮어버렸다.
"아니에요. 친구들이 이번 주에 놀자고 자꾸 문자해서.. 이따 답장하면 돼요."
그녀가 핸드폰을 무음 모드로 바꾸고 두 시간이 흘러 어느덧 새벽 2시. 너무 매운 것을 먹은 탓에 쑤니는 배탈이 났다. 요란한 소리를 내며 볼일 볼게 뻔해서 1층에 잠깐 갔다 온다고 핑계를 대고서는 1급 비밀이 담긴 핸드폰을 들고 급히 1층 화장실로 향했다. 찐은 쑤니가 내려가자 졸음이 쏟아지며 눈이 스스로 감기기 시작했다. 그는 방안의 불을 끄고 바닥에서 잘 준비를 했다. 어질어질한 그의 등 뒤로 캄캄한 방안이 환해지는 걸 느꼈다. 뒤돌아보자 테이블 위에서 불빛이 나왔다. 거기에는 핸드폰이 올려 저 있었고 카톡 미리 보기 메시지가 떠 있었다. 찐은 자신에게 새벽 메시지가 온 게 이상해서 들여 보았다가 벼락이 자신의 몸을 타고 내려오는 것만 같았다.

'언니가 쓰시던 체인 광나게 닦아놨어요. 이번 한번만 도와주세요.'

'누님이 안 도와주시면 우리 다 죽어요. 개 내가 같이 오라면서 탈퇴한 사람 명단까지 보냈어요.'

계속 올라오는 메시지에 찐의 팔다리가 떨렸다. 방안의 불을 켜자 이 핸드폰의 주인이 쑤니라는 것이 확실하게 밝혀졌다. 쑤니는 급하게 내려가면서 자신의 폰이 아니라 찐의 핸드폰을 들고 내려갔다.

"체인이라니..? 뭔 소리야?"

두 연인은 서로 같이 보낸 시간이 많아 핸드폰 잠금 패턴을 대충 알고 있었다. 찐이 몇 번의 시도 끝에 패턴을 풀자 아까부터 울렸던 메시지들이 다 보였다. 찐은 카톡 내용에 충격을 받아 그녀의 과거를 알기 위해 핸드폰 앨범을 열어보았지만 다른 증거는 없었다. 찐은 그래도 쑤니의 과거를 알기 위해 멈출 수 없었고 자신의 영역이 아닌 곳에서 창의력이 발휘되었다.

'#흑석동 #일진 #체인'

혹시나 하는 마음에 SNS로 카톡에서 봤던 단어들을 조합하여 검색하자 도시 전설처럼 여러 사람이 쓰러져 있고 피 묻는 체인을 들고 있는 여자의 옆모습이 나왔다. 너무 비현실적인 모습에 사람들은 댓글로 이것은 연출된 장면이다, 영화다, 실화다 수다를 떨다 1년 전 댓글은 멈추어 있었다. 찐은 이것이 진짜라는 것을 알았다. 실루엣이 찐의 그녀다. 찐은 눈에 실핏줄이 터지는 줄도 모르고 사진을 또 확대, 또 확대하였다. 정확하게 얼굴을 알아볼 수 없어 미칠 지경이었다. 그의 심정을 알았는지 사진 속 가로등에 달린 차량용 거울은 그녀의 정체를 보여주었다. 분명 쑤니었다. 천만번 보아도 쑤니었다. 쑤니는 자신에게 도전하는 사람이 있어도 자신의 힘을 제압용으로 사용했지 때리는 용도로 사용하지 않았다. 패배 후에도 사지가 멀쩡했던 상대들은 자신들의 원한을 쑤니의 사촌 동생에게 풀었다. 쑤니는 그들에게 살아남고 싶다면 감히 얼씬도 하지 말라고 강렬한 마지막 경고를 할 필요성을 느꼈다. 이 사진은 그날의 증거였다. 자신을 괴롭힌 애들을 때리고 싶지 않냐는 쑤니의 질문에 사촌 동생은 '폭력은 자신의 업보로 돌아온다'는 늙은 신선의 말로 되받아쳤다. 그 말은 쑤니에게 언제나 짐이었고 그 짐이 오늘 현실이 되었다. 참담함의 우물 속에 빠져있는 찐의 뒤로 방문이 벌컥 열리며 쑤니가 들어왔다. 그녀는 실수로 찐의 핸드폰을 가지고 왔다는 것을 알고 급하게 뒤처리를 하고서는 식은땀을 흘리며 올라왔다. 쑤니의 눈에 망연자실한 모습으로 자신의 핸드폰을 들여다보고 있는 찐의 표정이 들어왔다.

"찐! 제 이야기를 들어주세요. 지금 무슨 생각 하는지 알아요. 제 말을 들어보세요."

쑤니는 찐의 다리를 잡고 매달렸다.

"쑤니!! 쑤니!! 어찌하여! 이런 저급한 존재였단 말인가!"

"그건 과거일 뿐이에요. 카톡 내용은 저랑 같이 탈퇴한 애들이 위험에 처해 있어서 한번만 도와달라고 보낸 거예요. 이제는 정말 찐만을 사랑하는 착한 여자예요. 체인도 버린 지 오래되었어요."

찐은 쑤니의 과거 사진을 다시 한번 쳐다보았다. 거울에 비친 쑤니의 목에는 문신이 있었다.

'Blood Sea chain(피바다 체인)'

쑤니가 자나 깨나 목에다가 초커 목걸이를 차고 다니는 게 이상했는데 차고 있는 곳이 딱 문신한 부위였다. 피바다는 "Bloodbath"인데 스펠링도 틀려서 찐의 눈에 그 사진 속 모습이 더 꼴사나워 보였다. 이 문신은 마지막 대첩 당일 상대를 위협하기 위해 모나미 볼펜으로 급조한 문신인데 시간이 지나도 붉은 자국과 글씨가 연하게 남아 쑤니에게는 콤플렉스였다. '에잇' 소리와 함께 찐이 쑤니의 초커 목걸이를 풀자 그녀의 문신이 흐릿하게 보였다.

"에그머니나!"

"이래도 과거라고 할 셈이야. 이 문신이 쑤니가 어떤 사람이었느지 보여주고 있지 않냐고."

"제발 저를 떠나지 마세요. 저는 과거의 쑤니가 아니에요. 정말이에요."

"나도 쑤니의 말을 믿고 싶지만, 저 문자 내용을 봐!! 아직도 그런 놈들과 어울리고 다녔다는 증거잖아. 이 못된 종달새. 천하의 파렴치한 햄스터 같으니!!"

"찐!! 제발"

찐은 눈물을 흘리며 모텔을 나갔다. 폭풍우 속에서도 그의 슬픔은 울려 퍼졌다.

"아아!! 신이시여!! 차라리 제 눈을 뽑아버리시지 왜 사랑의 종말을 이런 식으로 선고하십니까!! 신이시여!!"

대지를 울리는 천둥소리도 이날 밤만큼은 찐의 목소리를 이길 수는 없었다. 번개라는 종소리와 함께 두 사람은 헤어지게 되었고 찐은 패인이 되어 한동안 학교를 나오지 않게 되었다.

그로부터 1달 후. 어느 날 저녁.

"언니. 이러지 마세요."

"맞아요. 속 버려요. 남자가 그 사람 하나뿐인가요."

쑤니는 낙산공원에 있는 고급 와인바에서 잔뜩 취해 비련의 여주인공처럼 후배 두 명에게 위로를 받고 있었다.

"그런 소리 하지 마.. 끅.. 찐은 있잖아. 달라."

"뭐가 다른데요?"

쑤니는 찐과 같이 찍은 핸드폰 사진을 보며 눈물을 그렁거렸다.

"우리 찐은 세상 남자들이 나만 보면 무섭다고 벌벌 떨 때 내 볼 잡고 귀엽다고 해준 유일한 남자야. 그리고 찐은 나랑 단 둘이 있을 때도 고스톱만 치고 자는 순진한 남자라고!! 여태까지 면상만 잘생기고 속은 겁쟁이 변태 쓰레기인 놈들과는 근본부터가 달라!! 알어!!"

"그런 느끼하고 초딩 같은 남자가 뭐가 좋다고 그러세요!!"

"빡!"

쑤니의 강력한 주먹 한 방에 와인바의 가벽에 대포알만 한 구멍이 생겼다. 후배는 오들오들 떨며 말없이 쑤니에게 와인을 따라주었다. 그 옆에 죄 없는 와인바 사장도 같이 떨고 있었다. 쑤니는 과거 자신의 이런 성향이 오늘의 사단을 만들었다는 죄책감으로 밀려왔다.

'지은 죄는 용서받을 수는 있어도 사라지지는 않아요.'

병원에서 깨어나지 못한 사촌 동생 하나가 인과응보에 대해 설명하며 했던 말이다. 쑤니는 이제야 그 뜻을 깨달았다.

"찐 돌아와 줘요. 제가 잘못했어요."

쑤니는 그렇게 바에서 1시간을 울고 나서 와인바 사장에게 부서진 벽의 수리비만큼 아르바이트를 하겠다는 계약서를 써준 후 계약서의 남은 여백을 찢어 무언가를 잔뜩 적고서는 후배에게 넘겨주었다.

"선배. 이게 뭔가요?"

"읽어봐라. 나간다."

설 때로 쉰 쑤니의 목소리에서는 비장함이 느껴졌다. 후배는 쑤니를 중학교 때부터 따르다가 마지막 일진에서 탈퇴할 때까지 곁을 지킨 사이다. 쑤니가 마지막 전투 때만큼이나 큰 결심을 했다는 게 느껴졌다.

문을 열고 나간 쑤니는 곧바로 택시를 탔다.
"한강대교로 가주세요."
쑤니는 창문에 머리를 기대고 찐에게 문자를 남겼다.
"찐. 저 종달새예요. 그대를 보며 지저귀던 사계절의 추억이 한 줌 재가 되고, 이제 제게 남은 것은 아무것도 없어요. 그대는 저였고 저는 그대였던 것 같아요. 그대 없는 세상은 보아도 보지 않은 것 같고 먹어도 먹지 않은 것 같다는 걸 깨달았어요. 제 지난 과오가 그대를 실망시켰다면 제게 남은 것은 당신을 진심으로 사랑했노라 증명하는 것뿐이에요. 베르테르가 로제와 이어질 수 없다는 것을 알고 극단적인 선택을 한 이유를 이제는 알 것 같아요. 저는 한강대교로 가고 있어요. 당신의 마음 곁에는 제가 없어도 제 마음 곁에는 항상 당신이 있을 거랍니다.

당신의 햄스터였던 종달새 쑤니가."

같은 시각. 찐은 방안에 틀어박혀 사랑하는 여인의 과거를 용서 못 하는 자신의 옹졸함을 자책하다가 쑤니가 보낸 문자를 보았다.

"쑤니..쑤니!! 쑤니!!! 안돼!!"

찐은 헐레벌떡 옷을 갖추어 입고 한강대교로 향했다. 찐이 한강대교에 도착했을 때 백 명도 넘는 사람들이 한곳에 몰려있었다.

"위험해요. 내려오세요."

"괜찮아요. 저는 지금 두렵지 않거든요."

쑤니는 자신의 주무기 체인을 몸에 감은 체, 한강대교 난간에 올라가 금방이라도 뛰어내릴 듯 아래를 내려다보고 있었다.

"쑤니. 나야 찐."

찐은 가쁜 숨을 내쉬며 쑤니를 올려다보았다.

"찐. 너무 기뻐요. 아직 저에 대한 마음이 조금은 남아있었군요."

"어서 내려와. 거기는 위험해."

"찐이 없는 현실이 제게는 더 위험한 세상이에요."

"나도 쑤니가 없는 세상이 너무 무서웠어. 어쩌면 쑤니가 서 있는 자리에 내가 서있었을지도 몰라."

"바보. 멍청이. 그런 거짓말이라도 해줘서 고마워요. 그래도 저처럼 부정한 과거를 가진 여자는 당신에게 어울리지 않아요."

"부정한 건 나의 말이었어. 쑤니를 있는 그대로 좋아할 거야. 다시 한번 내 눈이 사랑에 눈멀 수 있게 기회를 줘!"

"좋아요. 너무 좋아요. 그 말을 기다렸어요."

"쑤니!"

"찐!!"

쑤니는 사슬을 한 방에 풀어버리고 난간에서 뛰어 내려와 찐에게 와락 안겨 입을 맞추었다. 찐은 그런 그녀를 들고 입 맞춘 체 뱅글뱅글 돌았다. 이 둘을 에워싼 주위 사람들이 일제히 하늘로 폭죽을 터트렸고 '펑펑' 소리와 함께 어디선가 아름다운 노랫소리가 울려 퍼졌다. 이 모든 것은 쑤니의 기획으로 와인바에서 나설 때 이 계획을 종이에 적어 후배에게 전달했다. 쑤니의 부탁에 백 명 넘는 후배들이 모여 한강대교에서 큰 이벤트를 열어준 것이다. 아무것도 모르는 찐은 모여있는 사람이 전부 동년배라는 것을 이상하게 생각하지도 않고 그저 쑤니를 꿀 떨어지게 쳐다보았다. 새벽녘 하늘을 장밋빛으로 물들이는 노래의 후렴구가 다시 울려 퍼졌다.

『거친 바다, 거친 파도, 저 별을 향해 달려가는 나의 마음. 마음껏 유혹할 거야. FANCY』

작가와의 수다

똥꼬과장, 부제 - 東高轄氣

경기도 동쪽 남양주가 내려다보이는 높은 지대에 엔트 저축은
행이 있었다. 이곳에는 아부만으로 회사 내 입신의 경지에 오
른 인재가 있었으니 그가 바로 기업 투자 상담팀의 '우 과장'이
다. 그는 입사 때부터 남달라서 차장 직급 이상 되는 상사가
연설하면 눈물을 흘리며 손뼉을 쳐댔고, 인사권을 쥔 오 부장
(본명 : 오동고)집 옆으로 이사하여 그의 출근길을 자기 차로
모시며 혀가 녹아내릴 정도로 아부를 해댔다. 그의 아부를 한
번 받아본 회사 회장은 열받는 일이 있을 때마다 우 과장을 불
러 아부를 받고 심신 치료를 할 정도였다.

팀 내 사무실에서 오 부장과 우 과장이 하는 대화 내용은 너
무 낯간지러워 일반인은 3초도 듣기 힘든 내용이라 잠시 두 사
람의 대화를 피하게 위해 팀원 중 한 명인 김 대리는 이렇게
외쳤다.
'오우 쉣! 오우 쉣!'
두 사람의 성을 합쳐 만든 이 암호를 팀의 파수꾼이자 미어캣,
김 대리가 외치면 팀원 모두 화장실로 도망을 갔다. 팀 내 언

어의 마술사를 맡고 있는 막내 양 주임은, 상사를 기쁘게 해드리기 위해서는 발바닥도 핥을 우 과장에게 '개미핥기'라는 별명을 지어주었다. 그러던 중 회사 전체 워크숍에서 새로운 사건이 발생하게 된다.

워크숍 마지막 날 팀 내 회식 자리에서 모두 정신을 잃을 만큼 술을 마시고 자던 도중 오 부장은 산책을 위해 잠깐 나왔다가 급 배탈이 나서 수련원의 야외 화장실을 이용했다. 오 부장이 바지를 내리고 큰일을 보는 와중에 갑자기 '으악' 괴성을 내며 바지도 올리지 않은 체 야외 화장실을 기어 나오고서는 경련을 일으켰다. 손가락 세 마디만 한 말벌이 침입하여 그의 엉덩이 위쪽이자 허리 아랫부분, 쉽게 말해 주사 맞는 부위에 벌침을 쏜 것이다. 고함은 괴성이 되어 수련원의 직원들을 다 깨우고 모두 어찌할지를 몰라서 창문 밖을 쳐다보았다. 오 부장을 구해야 하겠다는 생각은 모두 가지고 있었지만, 저 냄새 나는 상황에 뛰어들고 싶지는 않았다. 그때 네발 달린 짐승처럼 뛰쳐나오는 이가 보였는데 누가 봐도 우 과장이었다. 우 과장은 오 부장의 엉덩이에서 말벌 침을 뽑고서는 그곳을 입으로 빨아들였다. 위에서 지켜보던 이들이 야수파 그림 속의 주인공이 되어 절규를 외칠 때 언어의 마술사, 팀 내 막내 양 주임이 정적을 깨고 외쳤다.
'동..동고핥기'
오 부장의 본명 '오동고'를 참고하여 새로운 별명이 이날로써

탄생하니 이 별명은 와전되어 '똥꼬핥기'로 변하고 다시 한번 '똥꼬핥키'로 변하게 되었다. 개미핥기에서 3단계나 발전한 완전체 별명이 만들어진 것이다.

이 사건 이후 우과장은 차장 승진을 눈앞에 두게 되고 그것도 모자라 또 한번의 자신의 가치를 키울 더블 찬스를 맞이하게 된다. 경기도에 새로 생긴 놀이공원으로 직원 가족이 동반된 단체 야유회를 떠나게 되는데 오 부장과 그 9살 아들도 참석하게 된 것이다. 오 부장의 9살 아들 이름은 '오종'으로 모두 애칭으로 종종이라 불렀다. 우 과장의 팀원들과 같이 있었던 종종이는 미어캣 김 대리를 통해 팀원들을 소개받았다.

'이분은 양지훈 주임이시고 이분은.. 악!! 똥꼬핥키온다. 똥꼬핥키!'

김 대리의 경고음과 함께 팀원들과 종종이는 그 자리를 피했다. 종종이는 우 과장을 멀리서 쳐다보며 김 대리에게 물었다.

'저분은 왜 똥꼬핥키에요?'

김 대리는 아이 앞이라는 것을 잠시 까먹었다가 종종이의 말에 정신이 들었지만 할 말이 딱히 떠오르지 않았다.

"으응.. 우리 팀에서 가장 더럽고 지저분한 일도 다 처리하시고 헌신적인 분이라 그렇게 부르는 거야."

한참을 고민하다 대답한 김 대리의 변명이 전혀 그럴싸하지 않았지만 9살이 왜 9살이던가. 순수하기에 9살이다. 종종이는 그 말을 그대로 받아들인다. 소개가 끝난 후 종종이는 계속 아빠인 오 부장에게 놀아 달라 떼를 쓰고 결국 충신 우 과장에게 야유회 하루 동안만 종종이를 봐달라고 부탁하기 위해 우 과장과 종종이를 불러 세운다. 우 과장과 어깨동무를 한 체 종종이에게 그를 소개하려는 데 종종이가 우 과장을 보자마자 외쳤다.

'악! 똥꼬핥키다'

그러자 두 남자 모두 시선이 흔들리며 몸이 빳빳하게 굳어버렸다. 두 사람 다 처음 들어보는 단어지만 서로 간의 뜨거운 브로맨스를 본인들이 잘 알고 있기 때문에 대충 무슨 뜻인지 알 수 있었다. 사태 수습을 위해 우 과장이 나서서 말했다.

"아니야. 아저씨 이름은 우정훈이야. 그런 이야기는 누구한테 들었어?"

"저기 서 있는 분들이요"

팀원들을 종종이가 가리키자 팀원들은 부리나케 도망가고 우 과장은 속으로 생각했다.

"끝나고 보자. 다 죽이고 말겠어.."

종종이를 대리고 가장 인기 있는 어린이용 바이킹 앞에 가자 직원 자녀 중 종종이와 친한 3명의 남자아이가 먼저 와서 서 있었다.

"종종아. 이 아저씨 누구야."

"응. 똥꼬핥키셔."

우 과장은 또 한 번 몸이 빳빳하게 굳어지며 목뒤부터 엉덩이 끝까지 뜨거워지는 것을 느꼈다. 그러자 아이들 사이에서 작전 회의하듯이 웅성거리는 소리가 들리기 시작했다. 아이들은 자신들의 집단 지성으로 저 별명의 뜻을 추론하기 시작했지만 결론에 도달하지 못했다. 이를 보다 못한 종종이가 천진난만한 목소리로 말했다.

"바보들아 똥꼬핥키는 제일 힘들고 더러운 일을 나서서 하는 분을 말하는 거야. 좋은 거야."

그러자 모두 고개를 끄덕이며 받아들였다. 역시 9살이다. 원래 종종이만 보살피려고 했던 우 과장의 계획은 틀어지고 종종이의 부탁으로 3명의 조무래기까지 받아들이게 된 우 과장은 아이들을 거꾸로 매달아 버리고 싶었지만 아부의 대왕답게 이 수모를 다 견디며 팀원들에 대한 복수만을 생각했다.

우 과장은 아이들과 놀이 기구 7개를 같이 타고 100장이 넘는 셀카를 같이 찍어주자 30대 후반의 나이로 체력적 한계를 느꼈다. 아이들에게 10분간만 벤치에 앉아 쉬도록 할 테니 자기 근처에서 너희들끼리 잠시 놀라고 했다. 우 과장은 침까지 흘리며 꾸벅꾸벅 졸다가 30분도 넘게 잠들었다. 정신을 차렸을 때는 아이들이 한 명도 곁에 없었다. 생각지도 못한 상황에 당황하여 허둥지둥 아이들을 찾던 와중에 미아보호소에서 방송이 울렸다.

"아아. 사람을 찾습니다. 사람을 찾습니다. 별명이 똥..풉..꼬

핥키 푸하하! 아 죄송합니다. 별명이 똥꼬핥키이신 분은 미아
보호소로 와주십시오."
방송 직원은 가쁜 숨과 함께 눈이 빠질 것 같았지만 두 눈을
양손으로 잡고 프로답게 방송했다.

이 방송의 사연은 이러했다. 우 과장이 조는 동안 아이들은
사방 군데를 다니며 놀다 보니 우 과장이 없음을 발견하게 되
었다. 종종이의 친구 중 한 명이 자신의 막내 이모는 길을 잘
잃어버린다면서 어른도 길을 잃은 경우가 있다고 말했다. 그
말에 당돌하게도 본인들이 보호자를 잃어버렸다고 생각하지 않
고 우 과장이 길을 잃었다고 생각하여 미아보호소로 간 것이
다. 우 과장과 종종이의 첫 대면 때 우 과장의 본명을 흘려들
은 종종이는 우 과장의 본명을 모르는 상태이기 때문에 어쩔
수 없이 별명으로 방송을 내보낸 것이었다. 방송이 나가고 얼
마 안 가 공원 전광판에 우 과장과 아이들이 같이 찍은 셀카와
함께 '똥꼬핥키를 찾습니다.'란 자막이 나왔다. 후문으로는 아이
들이 미아보호소 안에서 똥꼬핥키가 맞느냐 똥꼬핥기가 맞느냐
한참 싸웠다고 한다.

방송과 함께 우 과장은 승진이고 뭐고 눈물을 흘리며 공원 밖
으로 뛰쳐나왔고 그가 달려가는 길에 만난 아이들은 모두 그를
손가락으로 가리키며 '악! 똥꼬핥키다.'를 외쳤다. 혀가 짧은 아
이들은 더 줄여서 '똥키다!'를 외쳤다. 결국 새로운 왕국을 개척

하기로 맘먹은 우 과장은 이직을 하게 되고 그의 별명은 엔트 저축은행의 전설로 남는다.

작가와의 수다

세상에서 제일 웃긴 한씨 이야기

1판 1쇄 발행 2023년 5월 12일

지은이 한씨
일러스트 한씨

편집 유별리   마케팅·지원 김혜지

펴낸곳 (주)하움출판사   펴낸이 문현광

이메일 haum1000@naver.com   홈페이지 haum.kr
블로그 blog.naver.com/haum1000   인스타 @haum1007

ISBN 979-11-6440-355-4 (03810)